岩 波 文 庫

31-070-6

歯　　　　車

他 二 篇

芥川竜之介作

岩 波 書 店

目次

玄鶴山房

一

……それは小ぢんまりと出来上った、奥床《おくゆか》しい門構えの家だった。尤《もっと》もこの界隈《かいわい》にはこういう家も珍しくはなかった。が、「玄鶴山房《げんかくさんぼう》」の額や塀《へい》越しに見える庭木などはどの家よりも数奇《すき》を凝《こ》らしていた。

この家の主人、堀越玄鶴《ほりこしげんかく》は画家としても多少は知られていた。しかし資産を作ったのはゴム印の特許を受けたためだった。あるいはゴム印の特許を受けてから地所《じしょ》の売買をしたためだった。現に彼が持っていた郊外の或《ある》地面などは生姜《しょうが》さえ碌《ろく》に出来ないらしかった。けれども今はもう赤瓦《あかがわら》の家や青瓦の家の立ち並んだいわゆる「文化村」に変っていた。……

しかし「玄鶴山房」はとにかく小ぢんまりと出来上った、奥床しい門構えの家だった。殊《こと》に近頃は見越《みこ》しの松に雪よけの縄がかかったり、玄関の前に敷いた枯れ松葉に藪柑子《やぶこうじ》の実が赤らんだり、一層風流に見えるのだった。のみならずこの家のある横町《よこちょう》も殆《ほとん》ど人通りというものはなかった。豆腐屋《とうふや》さえそこを通る時には荷を大通りへおろしたなり、喇叭《ラッパ》を吹いて通るだけだった。

「玄鶴山房——玄鶴というのは何《なん》だろう？」

たまたまこの家の前を通りかかった、髪の毛の長い画学生《ががくせい》は細長い絵の具箱を小脇にしたまま、同じ金鈕《きんボタン》の制服を着たもう一人の画学生にこう言ったりした。

「何《なん》だかな、まさか厳格という洒落《しゃれ》でもあるまい。」

彼らは二人とも笑いながら、気軽にこの家の前を通って行った。そのあとには唯《ただ》凍てた道に彼らのどちらかが捨てて行った「ゴルデン・バット」の吸《す》い殻《がら》が一本、かすかに青い一《ひと》すじの煙を細ぼそと立てているばかりだった。……

二

重吉《じゅうきち》は玄鶴の婿《むこ》になる前から或銀行へ勤めていた。従って家に帰って来るのはいつも電燈のともる頃だった。彼はこの数日以来、門の内へはいるが早いか、忽《たちま》ち妙な臭気《しゅうき》を感じた。それは老人には珍しい肺結核の床《とこ》に就《つ》いている玄鶴の息の匂《におい》だった。が、勿論《もちろん》家の外にはそんな匂の出るはずはなかった。冬の外套《がいとう》の腋《わき》の下に折鞄《おりかばん》を抱《かか》えた重吉は玄関前の踏み石を歩きながら、こういう彼の神経を怪《あや》まない訳には行かなかった。

玄鶴は「離れ」に床をとり、横になっていない時には夜着《よぎ》の山によりかかっていた。重吉は外套や帽子をとると、必ずこの「離れ」へ顔を出し、「唯今《ただいま》」とか「きょうは如何《いかが》ですか」とか言葉をかけるのを常としていた。しかし「離れ」の閾《しきい》の内へは滅多《めった》に足も入れたことはなかった。それは舅《しゅうと》の肺結核に感染するのを怖《おそ》れるためでもあり、また一つには息の匂を不快に思うためでもあった。玄鶴は彼の顔を見る度《たび》にいつも唯《ただ》「ああ」とか「お帰り」とか答えた。その声はまた力のない、声よりも息に近いものだった。重吉は舅にこう言われると、時々彼の不人情に後《うし》ろめたい思いもしない訳ではなかった。けれども「離れ」へはいることはどうも彼には無気味だった。

それから重吉は茶《ちゃ》の間《ま》の隣りにやはり床に就いている姑《しゅうとめ》のお鳥《とり》を見舞うのだった。お鳥は玄鶴の寝こまない前から、――七、八年前《まえ》から腰抜けになり、便所へも通えない体になっていた。玄鶴が彼女を貰《もら》ったのは彼女が或大藩《たいはん》の家老の娘という外《ほか》にも器量《きりょう》望みからだということだった。彼女はそれだけに年をとっても、どこか目などは美しかった。しかしこれも床の上に坐り、丹念に白足袋などを繕《つくろ》っているのは余りミイラと変らなかった。重吉はやはり彼女にも「お母さん、きょうはどうですか？」という、手短《てみじか》な一語を残したまま、六畳の茶の間へはいるのだった。

妻のお鈴《すず》は茶の間にいなければ、信州生まれの女中のお松《まつ》と狭い台所に働いていた。小綺麗《こぎれい》に片づいた茶の間は勿論、文化竈《ぶんかかまど》を据《す》えた台所さえ舅や姑の居間《いま》よりも遥かに重吉には親しかった。彼は一時は知事などにもなった或政治家の次男だった。が、豪傑肌《ごうけつはだ》の父親よりも昔の女流歌人だった母親に近い秀才だった。それはまた彼の人懐《ひとなつ》こい目や細っそりした顋《あご》にも明らかだった。重吉はこの茶の間へはいると、洋服を和服に着換《きか》えた上、楽々と長火鉢の前に坐り、安い葉巻《はまき》を吹かしたり、今年やっと小学校にはいった一人息子の武夫《たけお》をからかったりした。

重吉はいつもお鈴や武夫とチャブ台を囲《かこ》んで食事をした。彼らの食事は賑《にぎや》かだった。が、近頃は「賑か」といっても、どこかまた窮屈《きゅうくつ》にも違いなかった。それは唯玄鶴につき添う甲野《こうの》という看護婦の来ているためだった。尤《もっと》も武夫は「甲野さん」がいても、ふざけるのに少しも変らなかった。いや、あるいは「甲野さん」がいるために余計ふざける位《くらい》だった。お鈴は時々眉をひそめ、こういう武夫を睨《にら》んだりした。しかし武夫はきょとんとしたまま、わざと大仰《おおぎょう》に茶碗の飯《めし》を搔《か》きこんで見せたりするだけだった。重吉は小説などを読んでいるだけに武夫のはしゃぐのにも「男」を感じ、不快になることもないではなかった。が、大抵は微笑したぎり、黙《だま》って飯を食《く》っているのだった。

「玄鶴山房」の夜は静かだった。朝早く家を出る武夫は勿論、重吉夫婦も大抵は十時には床に就くことにしていた。その後《あと》でもまだ起きているのは九時前後から夜伽《よとぎ》をする看護婦の甲野ばかりだった。甲野は玄鶴の枕もとに赤あかと火の起《おこ》った火鉢を抱《かか》え、居《い》睡《ねむ》りもせずに坐っていた。玄鶴は、――玄鶴も時々は目を醒《さ》ましていた。が、湯たんぽが冷《ひ》えたとか、湿布《しっぷ》が乾いたとかいう以外に殆《ほとん》ど口を利《き》いたことはなかった。こういう「離れ」にも聞えて来るものは植え込みの竹の戦《そよ》ぎだけだった。甲野は薄ら寒い静かさの中にじっと玄鶴を見守ったまま、いろいろのことを考えていた。この一家の人々の心もちや彼女自身の行く末などを。……

三

或雪の晴れ上った午後、二十四、五の女が一人、か細《ぼそ》い男の子の手を引いたまま、引き窓越《ご》しに青空の見える堀越家《ほりこしけ》の台所へ顔を出した。重吉は勿論家《うち》にいなかった。丁度ミシンをかけていたお鈴は多少予期はしていたものの、ちょっと当惑《とうわく》に近いものを感じた。しかしとにかくこの客を迎えに長火鉢《ながひばち》の前を立って行った。客は台所へ上《あが》った後《のち》、彼女自身の履《は》き物《もの》や男の子の靴を揃《そろ》え直した。（男の子は白いスウェエタアを着ていた。）彼女がひけ目を感じていることはこういう所作《しょさ》だけにも明らかだった。が、それも無理はなかった。彼女はこの五、六年以来、東京の或近在に玄鶴が公然と囲って置いた女中上《あが》りのお芳《よし》だった。

お鈴はお芳の顔を見た時、存外彼女が老《ふ》けたことを感じた。しかもそれは顔ばかりではなかった。お芳は四、五年以前には円《まる》まると肥《ふと》った手をしていた。が、年は彼女の手さえ静脈《じょうみゃく》の見えるほど細らせていた。それから彼女が身につけたものも、――お鈴は彼女の安ものの指環《ゆびわ》に何か世帯《しょたい》じみた寂《さび》しさを感じた。

「これは兄が檀那様《だんなさま》に差し上げてくれと申しましたから。」

お芳はいよいよ気後《きおく》れのしたように古い新聞紙の包みを一つ、茶の間へ膝《ひざ》を入れる前にそっと台所の隅《すみ》へ出した。折から洗いものをしていたお松はせっせと手を動かしながら、水々しい銀杏返《いちょうがえ》しに結《ゆ》ったお芳を時々尻目に窺《うかが》ったりしていた。が、この新聞紙の包みを見ると、更に悪意のある表情をした。それはまた実際文化竈や華奢《きゃしゃ》な皿小鉢《さらこばち》と調和しない悪臭を放《はな》っているのに違いなかった。お芳はお松を見なかったものの、少くともお鈴の顔色に妙なけはいを感じたと見え、「これは、あの、大蒜《にんにく》でございます」と説明した。それから指を噛《か》んでいた子供に「さあ、坊《ぼっ》ちゃん、お時宜《じぎ》なさい」と声をかけた。男の子は勿論玄鶴がお芳に生ませた文太郎《ぶんたろう》だった。その子供をお芳が「坊ちゃん」と呼ぶのはお鈴には如何《いか》にも気の毒だった。けれども彼女の常識はすぐにそれもこういう女には仕かたがないことと思い返した。お鈴はさりげない顔をしたまま、茶の間の隅に坐った親子に有り合せの菓子や茶などをすすめ、玄鶴の容態《ようだい》を話したり、文太郎の機《き》嫌《げん》をとったりし出した。……

玄鶴はお芳を囲い出した後《のち》、省線電車の乗り換えも苦にせず、一週間に一、二度ずつは必ず妾宅《しょうたく》へ通《かよ》って行った。お鈴はこういう父の気もちに始めのうちは嫌悪《けんお》を感じていた。「ちっとはお母さんの手前《てまえ》も考えれば善《い》いのに、」――そんなことも度《たび》たび考えたりした。尤もお鳥は何ごとも詮《あきら》めきっているらしかった。しかしお鈴はそれだけ一層母を気の毒に思い、父が妾宅へ出かけた後《あと》でも母には「きょうは詩の会ですって」などと白々《しらじら》しい譃《うそ》をついたりしていた。その譃が役に立たないことは彼女自身も知らないのではなかった。が、時々母の顔に冷笑に近い表情を見ると、譃をついたことを後悔する、――というよりもむしろ彼女の心も汲み分けてくれない腰ぬけの母に何か情《なさけ》なさを感じがちだった。

お鈴は父を送り出した後《のち》、一家のことを考えるためにミシンの手をやめるのも度たびだった。玄鶴はお芳を囲い出さない前にも彼女には「立派なお父さん」ではなかった。しかし勿論そんなことは気の優《やさ》しい彼女にはどちらでも善《よ》かった。唯彼女に気がかりだったのは父が書画骨董《しょがこっとう》までもずんずん妾宅へ運ぶことだった。お鈴はお芳が女中だった時から、彼女を悪人と思ったことはなかった。いや、むしろ人並《ひとな》みよりも内気《うちき》な女と思っていた。が、東京の或場末《ばすえ》に肴屋《さかなや》をしているお芳の兄は何をたくらんでいるかわからなかった。実際また彼は彼女の目には妙に悪賢《わるがしこ》い男らしかった。お鈴は時々重吉をつかまえ、彼女の心配を打ち明けたりした。けれども彼は取り合わなかった。「僕からお父さんに言う訳には行《ゆ》かない。」――お鈴は彼にこう言われて見ると、黙ってしまうより外《ほか》はなかった。

「まさかお父さんも羅両峯《らりょうほう》の画がお芳にわかるとも思っていないんでしょうが。」

重吉も時たまお鳥にはそれとなしにこんなことも話したりしていた。が、お鳥は重吉を見上げ、いつも唯苦笑してこう言うのだった。

「あれがお父さんの性分《しょうぶん》なのさ。何しろお父さんはあたしにさえ『この硯《すずり》はどうだ？』などと言う人なんだからね。」

しかしそんなことも今になって見れば、誰にも莫迦莫迦《ばかばか》しい心配だった。玄鶴は今年の冬以来、どっと病《やまい》の重《おも》ったために妾宅通いも出来なくなると、重吉が持ち出した手切れ話に(尤もその話の条件などは事実上彼よりもお鳥やお鈴が拵《こしら》えたと言うのに近いものだった。)存外素直《すなお》に承諾《しょうだく》した。それはまたお鈴が恐れていたお芳の兄も同じことだった。お芳は千円の手切れ金を貰《もら》い、上総《かずさ》の或海岸にある両親の家へ帰った上、月々文太郎の養育料として若干《じゃっかん》の金を送ってもらう、——彼はこういう条件に少しも異存を唱《とな》えなかった。のみならず妾宅に置いてあった玄鶴の秘蔵の煎茶《せんちゃ》道具なども催促されぬうちに運《はこ》んで来た。お鈴は前に疑《うたぐ》っていただけに一層彼に好意を感じた。

「就きましては妹のやつがもしお手でも足《た》りませんようなら、御看病《ごかんびょう》に上《あが》りたいと申しておりますんですが。」

お鈴はこの頼みに応じる前に腰ぬけの母に相談した。それは彼女の失策といっても差《さ》し支《つか》えないものに違いなかった。お鳥は彼女の相談を受けると、あしたにもお芳に文太郎をつれて来てもらうように勧《すす》め出した。お鈴は母の気もちの外《ほか》にも一家の空気の擾《みだ》されるのを惧《おそ》れ、何度も母に考え直させようとした。(そのくせまた一面には父の玄鶴とお芳の兄との中間《ちゅうかん》に立っている関係上、いつか素気《すげ》なく先方の頼みを断《ことわ》れない気もちにも落ちこんでいた。)が、お鳥は彼女の言葉をどうしても素直には取り上げなかった。

「これがまだあたしの耳へはいらない前ならば格別だけれども――お芳の手前も羞《はずか》しいやね。」

お鈴はやむを得ずお芳の兄にお芳の来ることを承諾した。それもまたあるいは世間《せけん》を知らない彼女の失策だったかも知れなかった。現に重吉は銀行から帰り、お鈴にこの話を聞いた時、女のように優《やさ》しい眉の間にちょっと不快らしい表情を示した。「そりゃ人手が殖《ふ》えることはありがたいにも違いないがね。……お父さんにも一応話して見れば善《い》いのに。お父さんから断るのならばお前にも責任のない訳なんだから。」――そんなことも口に出して言ったりした。お鈴はいつになく鬱《ふさ》ぎこんだまま、「そうだったわね」などと返事をしていた。しかし玄鶴に相談することは、――お芳に勿論未練《みれん》のある瀕死《ひんし》の父に相談することは彼女には今になって見ても出来ない相談に違いなかった。

……お鈴はお芳親子を相手にしながら、こういう曲折《きょくせつ》を思い出したりした。お芳は長火鉢に手もかざさず、途絶《とだ》えがちに彼女の兄のことや文太郎のことを話していた。彼女の言葉は四、五年前《まえ》のように「それは」をS-ryaと発音する田舎訛《いなかなま》りを改めなかった。お鈴はこの田舎訛りにいつか彼女の心もちも或気安《きやす》さを持ち出したのを感じた。同時にまた襖一重《ふすまひとえ》向うに咳《せき》一つしずにいる母のお鳥に何か漠然とした不安も感じた。

「じゃ一週間位《ぐらい》はいてくれられるの？」

「はい、こちら様さえお差支《さしつか》えございませんければ。」

「でも着換《きが》え位なくっちゃいけなかないの？」

「それは兄が夜分《やぶん》にでも届《とど》けると申しておりましたから。」

お芳はこう答えながら、退屈らしい文太郎に懐《ふところ》のキャラメルを出してやったりした。

「じゃお父さんにそう言って来ましょう。お父さんもすっかり弱ってしまってね。障《しょう》子《じ》の方へ向っている耳だけ霜《しも》焼《や》けが出来たりしているのよ。」

お鈴は長火鉢の前を離れる前に何となしに鉄瓶《てつびん》をかけ直した。

「お母さん。」

お鳥は何か返事をした。それはやっと彼女の声に目を醒《さ》ましたらしい粘《ねば》り声だった。

「お母さん。お芳さんが見えましたよ。」

お鈴はほっとした気もちになり、お芳の顔を見ないように早速長火鉢の前を立ち上った。それから次の間《ま》を通りしなにもう一度「お芳さんが」と声をかけた。お鳥は横になったまま、夜着《よぎ》の襟《えり》に口もとを埋《うず》めていた。が、彼女を見上げると、目だけに微笑に近いものを浮かべ、「おや、まあ、よく早く」と返事をした。お鈴ははっきりと彼女の背中にお芳の来ることを感じながら、雪のある庭に向った廊下をそわそわ「離れ」へ急いで行った。

「離れ」は明るい廊下から突然はいって来たお鈴の目には実際以上に薄暗かった。玄鶴は丁度起き直ったまま、甲野に新聞を読ませていた。が、お鈴の顔を見ると、いきなり「お芳か?」と声をかけた。それは妙に切迫《せっぱく》した、詰問《きつもん》に近い嗄《しゃが》れ声だった。お鈴は襖側《ふすまぎわ》に佇《たたず》んだなり、反射的に「ええ」と返事をした。それから、――誰も口を利かなかった。

「すぐにここへよこしますから。」

「うん。……お芳一人かい?」

「いいえ。……」

玄鶴は黙って頷《うなず》いていた。

「じゃ甲野さん、ちょっとこちらへ。」

お鈴は甲野よりも一足《ひとあし》先に小走りに廊下を急いで行った。丁度雪の残った棕櫚《しゅろ》の葉の上には鶺鴒《せきれい》が一羽尾を振っていた。しかし彼女はそんなことよりも病人臭い「離れ」の中から何か気味の悪いものがついて来るように感じてならなかった。

四

お芳が泊りこむようになってから、一家の空気は目に見えて険悪になるばかりだった。それはまず武夫《たけお》が文太郎《ぶんたろう》をいじめることから始まっていた。文太郎は父の玄鶴よりも母のお芳に似た子供だった。しかも気の弱い所まで母のお芳に似た子供だった。お鈴も勿論こういう子供に同情しない訳ではないらしかった。が時々は文太郎を意気地《いくじ》なしと思うこともあるらしかった。

看護婦の甲野は職業がら、冷《ひや》やかにこのありふれた家庭的悲劇を眺めていた、——というよりもむしろ享楽《きょうらく》していた。彼女の過去は暗いものだった。彼女は病家《びょうか》の主人だの病院の医者だのとの関係上、何度一塊《いっかい》の青酸加里《せいさんカリ》を嚥《の》もうとしたことだか知れなかった。この過去はいつか彼女の心に他人の苦痛を享楽する病的な興味を植えつけていた。彼女は堀越家へはいって来た時、腰ぬけのお鳥が便《べん》をする度に手を洗わないのを発見した。「この家《うち》のお嫁さんは気が利いている。あたしたちにも気づかないように水を持って行ってやるようだから。」——そんなことも一時《いちじ》は疑深《うたがいぶか》い彼女の心に影を落した。が、四、五日いるうちにそれは全然お嬢様育ちのお鈴の手落ちだったのを発見した。彼女はこの発見に何か満足に近いものを感じ、お鳥の便をする度に洗面器の水を運んでやった。

「甲野さん、あなたのおかげさまで人間並みに手が洗えます。」

お鳥は手を合せて涙をこぼした。甲野はお鳥の喜びには少しも心を動かさなかった。しかしそれ以来三度に一度は水を持って行かなければならぬお鈴を見ることは愉快だった。従ってこういう彼女には子供たちの喧嘩《けんか》も不快ではなかった。彼女は玄鶴にはお芳親子に同情のあるらしい素振《そぶ》りを示した。同時にまたお鳥にはお芳親子に悪意のあるらしい素振りを示した。それはたとい徐《おもむ》ろにもせよ、確実に効果を与えるものだった。

お芳が泊ってから一週間ほどの後《のち》、武夫はまた文太郎と喧嘩をした。喧嘩は唯《ただ》豚の尻《し》っ尾《ぽ》は柿の蔕《へた》に似ているとか似ていないとかいうことから始まっていた。武夫は彼の勉強部屋の隅に、――玄関の隣の四畳半の隅にか細い文太郎を押しつけた上、さんざん打ったり蹴《け》ったりした。そこへ丁度来合《きあわ》せたお芳は泣き声も出ない文太郎を抱き上げ、こう武夫をたしなめにかかった。

「坊ちゃん、弱いものいじめをなすってはいけません。」

それは内気《うちき》な彼女には珍らしい棘《とげ》のある言葉だった。武夫はお芳の権幕《けんまく》に驚き、今度は彼自身泣きながら、お鈴のいる茶の間へ逃げこもった。するとお鈴もかっとしたと見え、手ミシンの仕事をやりかけたまま、お芳親子のいる所へ無理八理《むりやり》に武夫を引きずって行った。

「お前が一体我儘《わがまま》なんです。さあ、お芳さんにおあやまりなさい、ちゃんと手をついておあやまりなさい。」

お芳はこういうお鈴の前に文太郎と一しょに涙を流し、平《ひら》あやまりにあやまる外《ほか》はなかった。そのまた仲裁役を勤めるものは必ず看護婦の甲野だった。甲野は顔を赤めたお鈴を一生懸命に押し戻しながら、いつももう一人の人間の、――じっとこの騒ぎを聞いている玄鶴の心もちを想像し、内心には冷笑を浮かべていた。が、勿論そんな素ぶりは決して顔色《かおいろ》にも見せたことはなかった。

けれども一家を不安にしたものは必《かなら》ずしも子供の喧嘩ばかりではなかった。お芳はまたいつの間《ま》にか何ごともあきらめ切ったらしいお鳥の嫉妬《しっと》を煽《あお》っていた。尤もお鳥はお芳自身には一度も怨《うら》みなどを言ったことはなかった。(これはまた五、六年前《まえ》、お芳がまだ女中部屋に寝起《ねお》きしていた頃も同じだった。)が、全然関係のない重吉に何かと当《あた》りがちだった。重吉は勿論とり合わなかった。お鈴はそれを気の毒に思い、時々母の代りに詫《わ》びたりした。しかし彼は苦笑したぎり、「お前までヒステリイになっては困る」と話を反《そ》らせるのを常としていた。

甲野はお鳥の嫉妬にもやはり興味を感じていた。お鳥の嫉妬それ自身は勿論、彼女が重吉に当る気もちも甲野にははっきりとわかっていた。のみならず彼女はいつの間《ま》にか彼女自身も重吉夫婦に嫉妬に近いものを感じていた。お鈴は彼女には「お嬢様」だった。重吉も――重吉はとにかく世間並《せけんな》みに出来上った男に違いなかった。が、彼女の軽蔑《けいべつ》する一匹の雄《おす》にも違いなかった。こういう彼らの幸福は彼女には殆ど不正だった。彼女はこの不正を矯《た》めるために(!)重吉に馴《な》れ馴《な》れしい素振りを示した。それはあるいは重吉には何《なん》ともないものかも知れなかった。けれどもお鳥を苛立《いらだ》たせるには絶好の機会を与えるものだった。お鳥は膝頭《ひざがしら》も露《あら》わにしたまま、「重吉、お前はあたしの娘では――腰ぬけの娘では不足なのかい？」と毒々しい口をきいたりした。

しかしお鈴だけはそのために重吉を疑《うたぐ》ったりはしないらしかった。いや、実際甲野にも気の毒に思っているらしかった。甲野はそこに不満を持ったばかりか、今更のように人の善《い》いお鈴を軽蔑せずにはいられなかった。が、いつか重吉が彼女を避《さ》け出したのは愉快だった。のみならず彼女を避けているうちにかえって彼女に男らしい好奇心を持ち出したのは愉快だった。彼は前には甲野がいる時でも、台所の側《そば》の風呂《ふろ》へはいるために裸《はだか》になることをかまわなかった。けれども近頃ではそんな姿を一度も甲野に見せないようになった。それは彼が羽根を抜いた雄鶏《おんどり》に近い彼の体を羞《は》じているために違いなかった。甲野はこういう彼を見ながら、（彼の顔もまた雀斑《そばかす》だらけだった。）一体彼はお鈴以外の誰に惚《ほ》れられるつもりだろうなどと私《ひそ》かに彼を嘲《あざけ》ったりしていた。

或霜曇《しもぐも》りに曇った朝、甲野は彼女の部屋になった玄関の三畳に鏡を据《す》え、いつも彼女が結びつけたオオル・バックに髪《かみ》を結びかけていた。それは丁度いよいよお芳が田舎へ帰ろうと言う前日だった。お芳がこの家を去ることは重吉夫婦には嬉しいらしかった。が、かえってお鳥には一層苛立《いらだ》たしさを与えるらしかった。甲野は髪を結びながら、甲高《かんだか》いお鳥の声を聞き、いつか彼女の友だちが話した或女のことを思い出した。彼女はパリに住んでいるうちにだんだん烈しい懐郷病《かいきょうびょう》に落ちこみ、夫の友だちが帰朝するのを幸い、一しょに船へ乗りこむことにした。長い航海も彼女には存外苦痛ではないらしかった。しかし彼女は紀州沖へかかると、急になぜか興奮しはじめ、とうとう海へ身を投げてしまった。日本へ近づけば近づくほど、懐郷病も逆に昂《たか》ぶって来る、――甲野は静かに油っ手を拭き、腰ぬけのお鳥の嫉妬は勿論、彼女自身の嫉妬にもやはりこういう神秘な力が働いていることを考えたりしていた。

「まあ、お母さん、どうしたんです？　こんな所まで這《は》い出して来て。お母さんったら。――甲野さん、ちょっと来て下さい。」

お鈴の声は「離れ」に近い縁側《えんがわ》から響いて来るらしかった。甲野はこの声を聞いた時、澄み渡った鏡に向ったまま、始めてにやりと冷笑を洩《も》らした。それからさも驚いたように「はい唯今《ただいま》」と返事をした。

五

玄鶴《げんかく》はだんだん衰弱して行った。彼の永年《ながねん》の病苦は勿論、彼の背中から腰へかけた床《とこ》ずれの痛みも烈《はげ》しかった。彼は時々唸《うな》り声を挙げ、僅《わず》かに苦しみを紛《まぎ》らせていた。しかし彼を悩ませたものは必しも肉体的苦痛ばかりではなかった。彼はお芳《よし》の泊っている間は多少の慰めを受けた代りにお鳥《とり》の嫉妬や子供たちの喧嘩にしっきりない苦しみを感じていた。けれどもそれはまだ善《よ》かった。玄鶴はお芳の去った後《のち》は恐しい孤独を感じた上、長い彼の一生と向い合わない訳には行かなかった。

玄鶴の一生はこういう彼には如何《いか》にも浅ましい一生だった。なるほどゴム印の特許を受けた当座は比較的彼の一生でも明るい時代には違いなかった。しかしそこにも儕輩《さいはい》の嫉妬や彼の利益を失うまいとする彼自身の焦燥《しょうそう》の念は絶えず彼を苦しめていた。ましてお芳を囲い出した後《のち》は、――彼は家庭のいざこざの外《ほか》にも彼らの知らない金《かね》の工面《くめん》にいつも重荷を背負《せお》いつづけだった。しかも更に浅ましいことには年の若いお芳に惹《ひ》かれていたものの、少くともこの一、二年は何度内心にお芳親子を死んでしまえと思ったか知れなかった。

「浅ましい？――しかしそれも考えて見れば、格別わしだけに限ったことではない。」

彼は夜《よる》などはこう考え、彼の親戚や知人のことを一々細《いちいちこま》かに思い出したりした。彼の婿《むこ》の父親は唯《ただ》「憲政を擁護《ようご》するために」彼よりも腕の利《き》かない敵を何人も社会的に殺していた。それから彼に一番親しい或年輩《ねんぱい》の骨董屋《こっとうや》は先妻の娘に通じていた。それから或弁護士は供託金《きょうたくきん》を費消《ひしょう》していた。それから或篆刻家《てんこくか》は、――しかし彼らの犯《おか》した罪は不思議にも彼の苦しみには何《なん》の変化も与えなかった。のみならず逆に生そのものにも暗い影を拡げるばかりだった。

「何、この苦しみも長いことはない。お目出度《めでた》くなってしまいさえすれば……」

これは玄鶴にも残っていたたった一つの慰めだった。彼は心身に食いこんで来るいろいろの苦しみを紛らすために楽しい記憶を思い起そうとした。けれども彼の一生は前にも言ったように浅ましかった。もしそこに少しでも明るい一面があるとすれば、それは唯何も知らない幼年時代の記憶だけだった。彼は度《たび》たび夢うつつの間《あいだ》に彼の両親の住んでいた信州の或山峡《さんきょう》の村を、――殊《こと》に石を置いた板葺《いたぶ》き屋根や蚕臭《かいこくさ》い桑ボヤを思い出した。が、その記憶もつづかなかった。彼は時々唸《うな》り声の間《あいだ》に観音経《かんのんぎょう》を唱《とな》えて見たり、昔のはやり歌をうたって見たりした。しかも「妙音観世音《みょうおんかんぜおん》、梵音海潮音《ぼんおんかいちょうおん》、勝彼世間音《しょうひせけんおん》」を唱えた後《のち》、「かっぽれ、かっぽれ」をうたうことは滑稽《こっけい》にも彼には勿体《もったい》ない気がした。

「寝るが極楽《ごくらく》。寝るが極楽……」

玄鶴は何も彼《か》も忘れるために唯ぐっすり眠りたかった。実際また甲野は彼のために催《さい》眠薬《みんやく》を与える外《ほか》にもヘロインなどを注射していた。けれども彼には眠りさえいつも安らかには限らなかった。彼は時々夢の中にお芳や文太郎に出合ったりした。それは彼には、――夢の中の彼には明るい心もちのするものだった。(彼は或夜の夢の中にはまだ新しい花札《はなふだ》の「桜《さくら》の二十」と話していた。しかもそのまた「桜の二十」は四、五年前《まえ》のお芳の顔をしていた。)しかしそれだけに目の醒《さ》めた後《あと》は一層彼を見じめにした。玄鶴はいつか眠ることにも恐怖に近い不安を感ずるようになった。

大晦日《おおみそか》もそろそろ近づいた或午後、玄鶴は仰向《あおむ》けに横たわったなり、枕もとの甲野へ声をかけた。

「甲野さん、わしはな、久しく褌《ふんどし》をしめたことがないから、晒《さら》し木綿《もめん》を六尺買わせて下さい。」

晒し木綿を手に入れることはわざわざ近所の呉服屋《ごふくや》へお松を買いにやるまでもなかった。

「しめるのはわしが自分でしめます。ここへ畳んで置いて行って下さい。」

玄鶴はこの褌を便《たよ》りに、――この褌に縊《くび》れ死ぬことを便りにやっと短い半日を暮した。しかし床《とこ》の上に起き直ることさえ人手を借りなければならぬ彼には容易にその機会も得られなかった。のみならず死はいざとなって見ると、玄鶴にもやはり恐しかった。彼は薄暗い電燈の光に黄檗《おうばく》の一行《いちぎょう》ものを眺めたまま、いまだに生を貪《むさぼ》らずにはいられぬ彼自身を嘲《あざけ》ったりした。

「甲野さん、ちょっと起して下さい。」

それはもう夜の十時頃だった。

「わしはな、これからひと眠りします。あなたも御遠慮なくお休みなすって下さい。」

甲野は妙に玄鶴を見つめ、こう素《そ》っ気《け》ない返事をした。

「いえ、わたくしは起きております。これがわたくしの勤めでございますから。」

玄鶴は彼の計画も甲野のために看破《みやぶ》られたのを感じた。が、ちょっと頷《うなず》いたぎり、何も言わずに狸《たぬき》寝入りをした。甲野は彼の枕もとに婦人雑誌の新年号をひろげ、何か読み耽《ふ》けっているらしかった。玄鶴はやはり蒲団の側《そば》の褌のことを考えながら、薄目《うすめ》に甲野を見守っていた。すると——急に可笑《おか》しさを感じた。

「甲野さん。」

甲野も玄鶴の顔を見た時はさすがにぎょっとしたらしかった。玄鶴は夜着《よぎ》によりかかったまま、いつかとめどなしに笑っていた。

「なんでございます？」

「いや、何《なん》でもない。何《なん》にも可笑しいことはありません。——」

玄鶴はまだ笑いながら、細い右手を振って見せたりした。

「今度は……なぜかこう可笑しゅうなってな。……今度はどうか横にして下さい。」

一時間ばかりたった後《のち》、玄鶴はいつか眠っていた。その晩は夢も恐しかった。彼は樹木の茂った中に立ち、腰の高い障子の隙《すき》から茶室めいた部屋を覗《のぞ》いていた。そこにはまたまる裸《はだか》の子供が一人、こちらへ顔を向けて横になっていた。それは子供とはいうものの、老人のように皺《しわ》くちゃだった。玄鶴は声を挙げようとし、寝汗だらけになって目を醒《さ》ました。……

「離れ」には誰も来ていなかった。のみならずまだ薄暗かった。まだ？——しかし玄鶴は置き時計を見、かれこれ正午に近いことを知った。彼の心は一瞬間、ほっとしただけに明るかった。けれどもまたいつものように忽《たちま》ち陰鬱《いんうつ》になって行った。彼は仰向《あおむ》けになったまま、彼自身の呼吸を数えていた。それは丁度何ものかに「今だぞ」とせかれている気もちだった。玄鶴はそっと褌を引き寄せ、彼の頭に巻きつけると、両手にぐっと引っぱるようにした。

そこへ丁度顔を出したのはまるまると着膨《きぶく》れた武夫だった。

「やあ、お爺《じい》さんがあんなことをしていらあ。」

武夫はこう囃《はや》しながら、一散に茶の間へ走って行った。

六

一週間ばかりたった後《のち》、玄鶴は家族たちに囲まれたまま、肺結核のために絶命した。彼の告別式は盛大(！)だった。(唯、腰ぬけのお鳥だけはその式にも出る訳に行かなかった。）彼の家に集まった人々は重吉夫婦に悔《くや》みを述べた上、白い綸子《りんず》に蔽《おお》われた彼の柩《ひつぎ》の前に焼香した。が、門を出る時には大抵彼のことを忘れていた。尤《もっと》も彼の故朋輩《こほうばい》だけは例外だったのに違いなかった。「あの爺さんも本望だったろう。若い妾《めかけ》も持っていれば、小金《こがね》もためていたんだから。」――彼らは誰も同じようにこんなことばかり話し合っていた。

彼の柩をのせた葬用馬車《そうようばしゃ》は一輛《いちりょう》の馬車を従えたまま、日の光も落ちない師走《しわす》の町を或火葬場へ走って行った。薄汚《うすぎたな》い後《あと》の馬車に乗っているのは重吉や彼の従弟《いとこ》だった。彼の従弟の大学生は馬車の動揺を気にしながら、重吉と余り話もせずに小型の本に読み耽《ふけ》っていた。それはLiebknechtの『追憶録』の英訳本だった。が、重吉は通夜《つや》疲れのためにうとうとと居睡《いねむ》りをしていなければ、窓の外の新開町《しんかいまち》を眺め、「この辺もすっかり変ったな」などと気のない独り語《ひとりごと》を洩《も》らしていた。

二輛《にりょう》の馬車は霜どけの道をやっと火葬場へ辿《たど》り着いた。しかし予《あらかじ》め電話をかけて打ち合せて置いたのにも関《かか》わらず、一等の竈《かまど》は満員になり、二等だけ残っているということだった。それは彼らにはどちらでも善《よ》かった。が、重吉は舅《しゅうと》よりもむしろお鈴の思惑《おもわく》を考え、半月形《はんげつけい》の窓越しに熱心に事務員と交渉した。「実は手遅れになった病人だしするから、せめて火葬にする時だけは一等にしたいと思うんですがね。」――そんな譃《うそ》もついて見たりした。それは彼の予期したよりも効果の多い譃らしかった。

「ではこうしましょう。一等はもう満員ですから、特別に一等の料金で特等で焼いて上げることにしましょう。」

重吉は幾分《いくぶん》か間《ま》の悪さを感じ、何度も事務員に礼を言った。事務員は真鍮《しんちゅう》の眼鏡《めがね》をかけた好人物らしい老人だった。

「いいえ、何、お礼には及びません。」

彼らは竈に封印した後《のち》、薄汚い馬車に乗って火葬場の門を出ようとした。すると意外にもお芳《よし》が一人、煉瓦塀《れんがべい》の前に佇《たたず》んだまま、彼らの馬車に目礼していた。重吉はちょっと狼狽《ろうばい》し、彼の帽を上げようとした。しかし彼らを乗せた馬車はその時にはもう傾《かたむ》きながら、ポプラアの枯れた道を走っていた。

「あれですね？」

「うん、……俺《おれ》たちの来た時もあすこにいたかしら。」

「さあ、乞食《こじき》ばかりいたように思いますがね。……あの女はこの先どうするでしょう？」

重吉は一本の敷島《しきしま》に火をつけ、出来るだけ冷淡に返事をした。

「さあ、どういうことになるか。……」

彼の従弟《いとこ》は黙っていた。が、彼の想像は上総《かずさ》の或海岸の漁師町《りょうしまち》を描いていた。それからその漁師町に住まなければならぬお芳親子も。――彼は急に険《けわ》しい顔をし、いつかさしはじめた日の光の中にもう一度リイプクネヒトを読みはじめた。

（昭和二・一）

歯車

一　レエン・コオト

僕は或《ある》知り人の結婚披露式《ひろうしき》につらなるために鞄《かばん》を一つ下げたまま、東海道の或停車場《ていしゃじょう》へその奥の避暑地から自動車を飛ばした。自動車の走る道の両がわは大抵松ばかり茂《しげ》っていた。上《のぼ》り列車に間《ま》に合うかどうかはかなり怪しいのに違いなかった。自動車には丁度僕の外《ほか》に或理髪店の主人も乗り合せていた。彼は棗《なつめ》のようにまるまると肥《ふと》った、短い顋髯《あごひげ》の持ち主だった。僕は時間を気にしながら、時々彼と話をした。

「妙なこともありますね。××さんの屋敷には昼間でも幽霊が出るっていうんですが。」

「昼間でもね。」

僕は冬の西日の当《あた》った向うの松山を眺めながら、善《い》い加減《かげん》に調子を合せていた。

「尤《もっと》も天気の善《い》い日には出ないそうです。一番多いのは雨のふる日だっていうんですが。」

「雨のふる日に漏《ぬ》れに来るんじゃないか？」

「御常談《ごじょうだん》で。……しかしレエン・コオトを着た幽霊だっていうんです。」

自動車はラッパを鳴らしながら、或停車場へ横着けになった。僕は或理髪店の主人に別れ、停車場の中へはいって行った。すると果して上《のぼ》り列車は二、三分前《まえ》に出たばかりだった。待合室のベンチにはレエン・コオトを着た男が一人ぼんやり外を眺めていた。僕は今聞いたばかりの幽霊の話を思い出した。が、ちょっと苦笑したぎり、とにかく次の列車を待つために停車場前のカッフェへはいることにした。

それはカッフェという名を与えるのも考えものに近いカッフェだった。僕は隅《すみ》のテエブルに坐り、ココアを一杯註文した。テエブルにかけたオイル・クロオスは白地に細い青の線を荒い格子《こうし》に引いたものだった。しかしもう隅々には薄汚《うすぎたな》いカンヴァスを露《あらわ》していた。僕は膠臭《にかわくさ》いココアを飲みながら、人げのないカッフェの中を見まわした。埃《ほこり》じみたカッフェの壁には「親子丼」だの「カツレツ」だのという紙札が何枚も貼《は》ってあった。

「地玉子、オムレツ」

僕はこういう紙札に東海道線に近い田舎《いなか》を感じた。それは麦畠やキャベツ畠の間に電気機関車の通る田舎だった。……

次の上《のぼ》り列車に乗ったのはもう日暮《ひぐれ》に近い頃だった。僕はいつも二等に乗っていた。

が、何かの都合上、その時は三等に乗ることにした。

汽車の中はかなりこみ合っていた。しかも僕の前後にいるのは大磯《おおいそ》かどこかへ遠足に行ったらしい小学校の女生徒ばかりだった。僕は巻煙草《まきたばこ》に火をつけながら、こういう女生徒の群れを眺めていた。彼らはいずれも快活だった。のみならず殆《ほとん》どしゃべり続けだった。

「写真屋さん、ラヴ・シインって何?」

やはり遠足について来たらしい、僕の前にいた「写真屋さん」は何《なん》とかお茶を濁していた。しかし十四、五の女生徒の一人はまだいろいろのことを問いかけていた。僕はふと彼女の鼻に蓄膿症《ちくのうしょう》のあることを感じ、何か頰笑《ほほえ》まずにはいられなかった。それからまた僕の隣りにいた十二、三の女生徒の一人は若い女教師《じょきょうし》の膝《ひざ》の上に坐り、片手に彼女の頸《くび》を抱きながら、片手に彼女の頰をさすっていた。しかも誰かと話す合《あ》い間《ま》に時々こう女教師に話しかけていた。

「可愛《かわい》いわね、先生は。可愛い目をしていらっしゃるわね。」

彼らは僕には女生徒よりも一人前《いちにんまえ》の女という感じを与えた。林檎《りんご》を皮ごと嚙《か》じっていたり、キャラメルの紙を剝《む》いていることを除《のぞ》けば。……しかし年かさらしい女生徒の一人は僕の側《そば》を通る時に誰《たれ》かの足を踏んだと見え、「御免《ごめん》なさいまし」と声をかけた。彼女だけは彼らよりもませているだけにかえって僕には女生徒らしかった。僕は巻煙草を啣《くわ》えたまま、この矛盾を感じた僕自身を冷笑しない訳には行かなかった。

いつか電燈をともした汽車はやっと或郊外の停車場へ着いた。僕は風の寒いプラットフォームへ下《お》り、一度橋を渡った上、省線電車の来るのを待つことにした。すると偶然顔を合せたのは或会社にいるT君だった。僕らは電車を待っている間《あいだ》に不景気のことなどを話し合った。T君は勿論《もちろん》僕などよりもこういう問題に通じていた。が、逞《たくま》しい彼の指には余り不景気には縁のない土耳古石《トルコいし》の指環《ゆびわ》も嵌《は》まっていた。

「大《たい》したものを嵌めているね。」

「これか？　これはハルピンへ商売に行っていた友だちの指環を買わされたんだよ。そいつも今は往生《おうじょう》している。コオペラティヴと取引きが出来なくなったものだから。」

僕らの乗った省線電車は幸《さいわ》いにも汽車ほどこんでいなかった。僕らは並んで腰をおろし、いろいろのことを話していた。T君はついこの春に巴里《パリ》にある勤《つと》め先《さき》から東京へ帰ったばかりだった。従って僕らの間《あいだ》には巴里の話も出がちだった。カイヨオ夫人の話、蟹料理《かにりょうり》の話、御外遊中の或殿下の話、……

「仏蘭西《フランス》は存外困ってはいないよ。唯《ただ》元来仏蘭西人というやつは税を出したがらない国民だから、内閣はいつも倒れるがね。……」

「だってフランは暴落《ぼうらく》するしさ。」

「それは新聞を読んでいればね。しかし向うにいて見給え。新聞紙上の日本《にほん》なるものはのべつに大地震《おおじしん》や大洪水《だいこうずい》があるから。」

するとレエン・コオトを着《き》た男が一人僕らの向うへ来て腰をおろした。僕はちょっと無気味《ぶきみ》になり、何か前に聞いた幽霊の話をT君に話したい心もちを感じた。が、T君はその前に杖の柄《え》をくるりと左へ向け、顔は前を向いたまま、小声《こごえ》に僕に話しかけた。

「あすこに女が一人いるだろう？　鼠色《ねずみいろ》の毛糸のショオルをした、……」

「あの西洋髪に結《ゆ》った女か？」

「うん、風呂敷包《ふろしきづつ》みを抱《かか》えている女さ。あいつはこの夏は軽井沢《かるいざわ》にいたよ。ちょっと洒落《しゃ》れた洋装などをしてね。」

しかし彼女は誰《たれ》の目にも見すぼらしいなりをしているのに違いなかった。僕はT君と話しながら、そっと彼女を眺めていた。彼女はどこか眉の間《あいだ》に気違いらしい感じのする顔をしていた。しかもそのまた風呂敷包みの中から豹《ひょう》に似た海綿《かいめん》をはみ出させていた。

うやつかね。」

「軽井沢にいた時には若い亜米利加人《アメリカじん》と踊《おど》ったりしていたっけ。モダアン……何《なん》とい

レエン・コオトを着た男は僕のT君と別れる時にはいつかそこにいなくなっていた。僕は省線電車の或停車場からやはり鞄《かばん》をぶら下げたまま、或ホテルへ歩いて行った。往来の両側に立っているのは大抵《たいてい》大きいビルディングだった。僕はそこを歩いているうちにふと松林を思い出した。のみならず僕の視野《しや》のうちに妙なものを見つけ出した。妙なものを？――というのは絶えずまわっている半透明の歯車《はぐるま》だった。僕はこういう経験を前にも何度か持ち合せていた。歯車は次第に数《かず》を殖《ふ》やし、半《なか》ば僕の視野を塞《ふさ》いでしまう、が、それも長いことではない、暫《しば》らくの後《のち》には消え失《う》せる代《かわ》りに今度は頭痛を感じはじめる、――それはいつも同じことだった。眼科の医者はこの錯覚(?)のために度々《たびたび》僕に節煙を命じた。しかしこういう歯車は僕の煙草に親《したし》まない二十前《はたちまえ》にも見えないことはなかった。僕はまたはじまったなと思い、左の目の視力をためすために片手に右の目を塞《ふさ》いで見た。左の目は果して何《なん》ともなかった。しかし右の目の瞼《まぶた》の裏には歯車が幾つもまわっていた。僕は右側のビルディングの次第に消えてしまうのを見ながら、せっせと往来を歩いて行った。

ホテルの玄関へはいった時には歯車ももう消え失せていた。が、頭痛はまだ残っていた。僕は外套《がいとう》や帽子を預《あず》けるついでに部屋《へや》を一つとってもらうことにした。それから或雑誌社へ電話をかけて金のことを相談した。

結婚披露式《ひろうしき》の晩餐《ばんさん》はとうに始まっていたらしかった。僕はテエブルの隅に坐り、ナイフやフォオクを動かし出した。正面の新郎《しんろう》や新婦《しんぷ》をはじめ、白い凹字形《おうじけい》のテエブルに就《つ》いた五十人あまりの人びとは勿論いずれも陽気だった。が、僕の心もちは明るい電燈の光の下にだんだん憂鬱《ゆううつ》になるばかりだった。僕はこの心もちを遁《のが》れるために隣にいた客に話しかけた。彼は丁度獅子《ちょうどしし》のように白い頬鬚《ほおひげ》を伸《の》ばした老人だった。のみならず僕も名を知っていた或名高い漢学者だった。従ってまた僕らの話はいつか古典の上へ落ちて行った。

「麒麟《きりん》はつまり一角獣《いっかくじゅう》ですね。それから鳳凰《ほうおう》もフェニックスという鳥の、……」

この名高い漢学者はこういう僕の話にも興味を感じているらしかった。僕は機械的にしゃべっているうちにだんだん病的な破壊欲を感じ、尭舜《ぎょうしゅん》を架空《かくう》の人物にしたのは勿論、『春秋《しゅんじゅう》』の著者もずっと後《のち》の漢代《かんだい》の人だったことを話し出した。するとこの漢学者は露《ろ》骨《こつ》に不快な表情を示し、少しも僕の顔を見ずに殆《ほとん》ど虎の唸《うな》るように僕の話を截《き》り離した。

「もし尭舜もいなかったとすれば、孔子《こうし》は譃《うそ》をつかれたことになる。聖人《せいじん》の譃をつかれるはずはない。」

僕は勿論黙《だま》ってしまった。それからまた皿の上の肉へナイフやフォオクを加えようとした。すると小さい蛆《うじ》が一匹静かに肉の縁《ふち》に蠢《うごめ》いていた。蛆は僕の頭の中に Worm という英語を呼び起した。それはまた麒麟《きりん》や鳳凰《ほうおう》のように或伝説的動物を意味している言葉にも違いなかった。僕はナイフやフォオクを置き、いつか僕の杯《さかずき》にシャンパアニュのつがれるのを眺めていた。

やっと晩餐《ばんさん》のすんだ後《のち》、僕は前にとって置いた僕の部屋《へや》へこもるために人気《ひとげ》のない廊下を歩いて行った。廊下は僕にはホテルよりも監獄らしい感じを与えるものだった。しかし幸いにも頭痛だけはいつの間《ま》にか薄らいでいた。

僕の部屋には鞄《かばん》は勿論、帽子や外套も持って来てあった。僕は壁にかけた外套に僕自身の立ち姿を感じ、急《いそ》いでそれを部屋の隅の衣裳戸《いしょうと》棚《だな》の中へ抛《ほう》りこんだ。それから鏡台《きょうだい》の前へ行き、じっと鏡に僕の顔を映《うつ》した。鏡に映った僕の顔は皮膚《ひふ》の下の骨組みを露《あら》わしていた。蛆《うじ》はこういう僕の記憶に忽《たちま》ちはっきり浮かび出した。

僕は戸をあけて廊下へ出《で》、どことういうことなしに歩いて行った。するとロッビイへ出る隅《すみ》に緑いろの笠《かさ》をかけた、背《せ》の高いスタンドの電燈が一つ硝子戸《ガラスど》に鮮《あざや》かに映っていた。それは何か僕の心に平和な感じを与えるものだった。僕はその前の椅子《いす》に坐り、いろいろのことを考えていた。が、そこにも五分とは坐っている訳に行かなかった。レエン・コオトは今度もまた僕の横にあった長椅子の背中に如何《いか》にもだらりと脱《ぬ》ぎかけてあった。

「しかも今は寒中《かんちゅう》だというのに。」

僕はこんなことを考えながら、もう一度廊下を引き返して行った。廊下の隅の給仕《きゅうじ》だまりには一人も給仕は見えなかった。しかし彼らの話し声はちょっと僕の耳をかすめて行った。それは何《なん》とか言われたのに答えたAll rightという英語だった。「オオル・ライト」？——僕はいつかこの対話の意味を正確に摑《つか》もうとあせっていた。「オオル・ライト」？「オオル・ライト」？　何が一体オオル・ライトなのであろう？

僕の部屋は勿論ひっそりしていた。が、戸をあけてはいることは妙に僕には無気味《ぶきみ》だった。僕はちょっとためらった後《のち》、思い切って部屋の中へはいって行った。それから鏡を見ないようにし、机の前の椅子に腰をおろした。椅子は蜥蜴《とかげ》の皮に近い、青いマロック皮の安楽椅子《あんらくいす》だった。僕は鞄《かばん》をあけて原稿用紙を出し、或短篇を続けようとした。けれどもインクをつけたペンはいつまでたっても動かなかった。のみならずやっと動いたと思うと、同じ言葉ばかり書きつづけていた。All right……All right……All right, sir……All right……

そこへ突然鳴り出したのはベッドの側《わき》にある電話だった。僕は驚いて立ち上り、受話器を耳へやって返事をした。

「どなた？」

「あたしです。あたし……」

相手は僕の姉の娘だった。

「何《なん》だい？　どうかしたのかい？」

「ええ、あの大へんなことが起ったんです。ですから、……大へんなことが起ったもんですから、今叔母《おば》さんにも電話をかけたんです。」

「大へんなこと？」

「ええ、ですからすぐに来て下さい。すぐにですよ。」

電話はそれぎり切れてしまった。僕はもとのように受話器をかけ、反射的にベルの鈕《ボタン》を押した。しかし僕の手の震《ふる》えていることは僕自身はっきり意識していた。給仕は容易にやって来なかった。僕は苛立《いらだ》たしさよりも苦しさを感じ、何度もベルの鈕《ボタン》を押した、やっと運命の僕に教えた「オォル・ライト」という言葉を了解《りょうかい》しながら。

僕の姉の夫はその日の午後、東京から余り離れていない或田舎《いなか》に轢死《れきし》していた。しかも季節に縁のないレエン・コオトをひっかけていた。僕はいまもそのホテルの部屋に前の短篇を書きつづけている。真夜中《まよなか》の廊下には誰も通らない。が、時々戸の外に翼《つばさ》の音の聞えることもある。どこかに鳥でも飼《か》ってあるのかも知れない。(昭和二・三・二三)

二　復讐

僕はこのホテルの部屋に午前八時頃に目を醒《さ》ました。が、ベッドをおりようとすると、スリッパアは不思議にも片っぽしかなかった。それはこの一、二年の間《あいだ》、いつも僕に恐怖だの不安だのを与える現象だった。のみならずサンダアルを片っぽだけはいた希臘《ギリシャ》神《しん》話《わ》の中の王子を思い出させる現象だった。僕はベルを押して給仕を呼び、スリッパアの片っぽを探してもらうことにした。給仕はけげんな顔をしながら、狭い部屋の中を探しまわった。

「ここにありました。このバスの部屋の中に。」

「どうしてまたそんな所へ行っていたのだろう？」

「さあ、鼠《ねずみ》かも知れません。」

僕は給仕の退いた後《のち》、牛乳を入れない珈琲《コーヒー》を飲み、前の小説を仕上げにかかった。凝灰岩《ぎょうかいがん》を四角《しかく》に組んだ窓は雪のある庭に向っていた。僕はペンを休める度《たび》にぼんやりとこの雪を眺めたりした。雪は莟《つぼみ》を持った沈丁花《じんちょうげ》の下に都会の煤煙《ばいえん》によごれていた。それは何か僕の心に傷ましさを与える眺めだった。僕は巻煙草をふかしながら、いつかペンを動かさずにいろいろのことを考えていた。妻のことを、子供たちのことを、就中《なかんずく》姉の夫のことを。……

姉の夫は自殺する前に放火の嫌疑《けんぎ》を蒙《こうむ》っていた。それもまた実際仕《し》かたはなかった。彼は家の焼ける前に家の価格に二倍する火災保険に加入していた。しかも偽証罪《ぎしょうざい》を犯《おか》したために執行猶予中《しっこうゆうよちゅう》の体《からだ》になっていた。けれども僕を不安にしたのは彼の自殺したことよりも僕の東京へ帰る度《たび》に必ず火の燃えるのを見たことだった。僕はあるいは汽車の中から山を焼いている火を見たり、あるいはまた自動車の中から(その時は妻子とも一《いっ》しょだった。)常磐橋界隈《ときわばしかいわい》の火事を見たりしていた。それは彼の家の焼けない前にもおのずから僕に火事のある予感を与えない訳には行かなかった。

「今年《ことし》は家《うち》が火事になるかも知れないぜ。」

「そんな縁起《えんぎ》の悪いことを。……それでも火事になったら大変ですね。保険は碌《ろく》についていないし、……」

僕らはそんなことを話し合ったりした。しかし僕の家は焼けずに、――僕は努《つと》めて妄《もう》想《ぞう》を押しのけ、もう一度ペンを動かそうとした。が、ペンはどうしても一行《いちぎょう》とは楽《らく》に動かなかった。僕はとうとう机の前を離れ、ベッドの上に転《ころ》がったまま、トルストイのPolikouchkaを読みはじめた。この小説の主人公は虚栄心や病的傾向や名誉心の入《い》り交《まじ》った、複雑な性格の持ち主だった。しかも彼の一生の悲喜劇は多少の修正を加えさえすれば、僕の一生のカリカテュアだった。殊《こと》に彼の悲喜劇の中《うち》に運命の冷笑を感じるのは次第に僕を無気味《ぶきみ》にし出した。僕は一時間とたたないうちにベッドの上から飛び起きるが早いか、窓かけの垂《た》れた部屋の隅へ力一ぱい本を抛《ほう》りつけた。

「くたばってしまえ！」

すると大きい鼠《ねずみ》が一匹窓かけの下からバスの部屋へ斜めに床《ゆか》の上を走って行った。僕は一足飛びにバスの部屋へ行き、戸をあけて中を探しまわった。が、白いタッブのかげにも鼠らしいものは見えなかった。僕は急に無気味になり、慌《あわ》ててスリッパアを靴に換《か》えると、人気《ひとげ》のない廊下を歩いて行った。

廊下はきょうもあいかわらず牢獄のように憂鬱だった。僕は頭を垂れたまま、階段を上《あが》ったり下《お》りたりしているうちにいつかコック部屋《べや》へはいっていた。コック部屋は存外明るかった。が、片側《かたがわ》に並んだ竈《かまど》は幾つも炎《ほのお》を動かしていた。僕はそこを通りぬけながら、白い帽をかぶったコックたちの冷やかに僕を見ているのを感じた。同時にまた僕の堕《お》ちた地獄を感じた。「神よ、我《われ》を罰し給え。怒《いか》り給うこと勿《なか》れ。恐らくは我《われ》滅びん。」――こういう祈禱《きとう》もこの瞬間にはおのずから僕の唇《くちびる》にのぼらない訳には行かなかった。

僕はこのホテルの外へ出ると、青ぞらの映《うつ》った雪解《ゆきど》けの道をせっせと姉の家へ歩いて行った。道に沿《そ》うた公園の樹木《じゅもく》は皆枝や葉を黒ませていた。のみならずどれも一本ごとに丁度《ちょうど》僕ら人間のように前や後《うし》ろを具《そな》えていた。それもまた僕には不快よりも恐怖に近いものを運んで来た。僕はダンテの地獄の中《なか》にある、樹木になった魂《たましい》を思い出し、ビルディングばかり並んでいる電車線路の向うを歩くことにした。しかしそこも一町《いっちょう》とは無《ぶ》事《じ》に歩くことは出来なかった。

「ちょっと通りがかりに失礼ですが、……」

それは金鈕《きんボタン》の制服を着《き》た二十二、三の青年だった。僕は黙ってこの青年を見つめ、彼の鼻の左の側《わき》に黒子《ほくろ》のあることを発見した。彼は帽を脱《ぬ》いだまま、怯《お》ず怯《お》ずこう僕に話しかけた。

「Aさんではいらっしゃいませんか？」

「そうです。」

「どうもそんな気がしたものですから、……」

「何か御用ですか？」

「いえ、唯《ただ》お目にかかりたかっただけです。僕も先生の愛読者の……」

僕はもうその時にはちょっと帽をとったぎり、彼を後《うし》ろに歩き出していた。先生、A先生、――それは僕にはこの頃では最も不快な言葉だった。僕はあらゆる罪悪を犯していることを信じていた。しかも彼らは何かの機会に僕を先生と呼びつづけていた。僕はそこに僕を嘲《あざけ》る何ものかを感じずにはいられなかった。何ものかを？――しかし僕の物質主義は神秘主義を拒絶せずにはいられなかった。僕はつい二、三カ月前《まえ》にも或小さい同人雑誌《どうじんざっし》にこういう言葉を発表していた。――「僕は芸術的良心を始め、どういう良心も持っていない。僕の持っているのは神経だけである。」……

姉《あね》は三人の子供たちと一しょに露地《ろじ》の奥のバラックに避難していた。褐色《かっしょく》の紙を貼《は》ったバラックの中は外よりも寒いくらいだった。僕らは火鉢に手をかざしながら、いろいろのことを話し合った。体《からだ》の逞《たくま》しい姉の夫は人一倍痩《や》せ細《ほそ》った僕を本能的に軽蔑《けいべつ》していた。のみならず僕の作品の不道徳であることを公言していた。僕はいつも冷やかにこういう彼を見おろしたまま、一度も打ちとけて話したことはなかった。しかし姉と話しているうちにだんだん彼も僕のように地獄に堕《お》ちていたことを悟《さと》り出した。彼は現に寝台車の中に幽霊を見たとかいうことだった。が、僕は巻煙草に火をつけ、努《つと》めて金《かね》のことばかり話しつづけた。

「何しろこういう際だしするから、何も彼《か》も売ってしまおうと思うの。」

「それはそうだ。タイプライタアなどは幾らかになるだろう。」

「ええ、それから画などもあるし。」

「ついでにNさん(姉の夫)の肖像画も売るか？　しかしあれは……」

僕はバラックの壁にかけた、額縁《がくぶち》のない一枚のコンテ画を見ると、迂闊《うかつ》に常談《じょうだん》も言われないのを感じた。轢死《れきし》した彼は汽車のために顔もすっかり肉塊《にくかい》になり、僅かに唯口髭《くちひげ》だけ残っていたとかいうことだった。この話は勿論話自身も薄気味悪いのに違いなかった。しかし彼の肖像画はどこも完全に描《か》いてあるものの、口髭だけはなぜかぼんやりしていた。僕は光線の加減かと思い、この一枚のコンテ画をいろいろの位置から眺めるようにした。

「何をしているの？」

「何《なん》でもないよ。……唯あの肖像画は口のまわりだけ、……」

姉はちょっと振り返りながら、何も気づかないように返事をした。

「髭《ひげ》だけ妙に薄いようでしょう。」

僕の見たものは錯覚ではなかった。しかし錯覚ではないとすれば、――僕は午飯《ひるめし》の世話にならないうちに姉の家を出ることにした。

「まあ、善《い》いでしょう。」

「またあしたでも、……きょうは青山《あおやま》まで出かけるのだから。」

「ああ、あすこ？　まだ体の具合《ぐあい》は悪いの？」

「やっぱり薬ばかり嚥《の》んでいる。催眠薬だけでも大変だよ。ヴェロナァル、ノイロナァル、トリオナァル、ヌマアル……」

三十分ばかりたった後《のち》、僕は或ビルディングへはいり、昇降機《リフト》に乗って三階へのぼった。それから或レストオランの硝子戸《ガラスど》を押してはいろうとした。が、硝子戸は動かなかった。のみならずそこには「定休日」と書いた漆塗《うるしぬ》りの札《ふだ》も下《さが》っていた。僕はいよいよ不快になり、硝子戸の向うのテエブルの上に林檎《りんご》やバナナを盛ったのを見たまま、もう一度往来へ出ることにした。すると会社員らしい男が二人何か快活にしゃべりながら、このビルディングへはいるために僕の肩をこすって行った。彼らの一人はその拍子《ひょうし》に「イライラしてね」と言ったらしかった。

僕は往来に佇《たたず》んだなり、タクシイの通るのを待ち合せていた。タクシイは容易に通らなかった。のみならずたまに通ったのは必ず黄いろい車だった。（この黄いろいタクシイはなぜか僕に交通事故の面倒をかけるのを常としていた。）そのうちに僕は縁起《えんぎ》の好《い》い緑いろの車を見つけ、とにかく青山《あおやま》の墓地《ぼち》に近い精神病院へ出かけることにした。

「イライラする、——Tantalizing——Tantalus——Inferno………」

タンタルスは実際硝子戸《ガラスど》越しに果物《くだもの》を眺めた僕自身だった。僕は二度も僕の目に浮かんだダンテの地獄を詛《のろ》いながら、じっと運転手の背中を眺めていた。そのうちにまたあらゆるものの譃《うそ》であることを感じ出した。政治、実業、芸術、科学、——いずれも皆こういう僕にはこの恐しい人生を隠《かく》した雑色《ざっしょく》のエナメルに外《ほか》ならなかった。僕はだんだん息苦しさを感じ、タクシイの窓をあけ放《はな》ったりした。が、何か心臓をしめられる感じは去らなかった。

緑いろのタクシイはやっと神宮前《じんぐうまえ》へ走りかかった。そこには或精神病院へ曲る横町《よこちょう》が一つあるはずだった。しかしそれもきょうだけはなぜか僕にはわからなかった。僕は電車の線路に沿《そ》い、何度もタクシイを往復させた後《のち》、とうとうあきらめておりることにした。

僕はやっとその横町を見つけ、ぬかるみの多い道を曲って行った。するといつか道を間違え、青山斎場《あおやまさいじょう》の前へ出てしまった。それはかれこれ十年前《ぜん》にあった夏目《なつめ》先生の告別《こくべつ》式《しき》以来、一度も僕は門の前さえ通ったことのない建物《たてもの》だった。十年前《ぜん》の僕も幸福ではなかった。しかし少くとも平和だった。僕は砂利《じゃり》を敷いた門の中を眺め、「漱石山房《そうせきさんぼう》」の芭蕉《ばしょう》を思い出しながら、何か僕の一生も一段落のついたことを感じない訳には行かなかった。のみならずこの墓地の前へ十年目に僕をつれて来た何ものかを感じない訳にも行かなかった。

或精神病院の門を出た後《のち》、僕はまた自動車に乗り、前のホテルへ帰ることにした。が、このホテルの玄関へおりると、レエン・コオトを着た男が一人何か給仕と喧嘩《けんか》をしていた。給仕と？——いや、それは給仕ではない、緑いろの服を着た自動車掛《がか》りだった。僕はこのホテルへはいることに何か不吉な心もちを感じ、さっさともとの道を引き返して行った。

僕の銀座通りへ出た時にはかれこれ日の暮も近づいていた。僕は両側に並んだ店や目まぐるしい人通りに一層憂鬱《ゆううつ》にならずにはいられなかった。殊《こと》に往来の人々の罪などというものを知らないように軽快に歩いているのは不快だった。僕は薄明るい外光に電燈の光のまじった中をどこまでも北へ歩いて行った。そのうちに僕の目を捉《とら》えたのは雑誌などを積み上げた本屋だった。僕はこの本屋の店へはいり、ぼんやりと何段かの書棚を見上げた。それから『希臘神話《ギリシャしんわ》』という一冊の本へ目を通すことにした。黄いろい表紙をした『希臘神話』は子供のために書かれたものらしかった。けれども偶然僕の読んだ一行《いちぎょう》は忽《たちま》ち僕を打ちのめした。

「一番偉《えら》いツォイスの神でも復讐《ふくしゅう》の神にはかないません。……」

僕はこの本屋の店を後ろに人ごみの中を歩いて行った。いつか曲《まが》り出した僕の背中に絶えず僕をつけ狙《ねら》っている復讐の神を感じながら。……

(昭和二・三・二七)

三　夜

僕は丸善《まるぜん》の二階の書棚にストリントベルグの『伝説』を見つけ、二、三頁《ページ》ずつ目を通した。それは僕の経験と大差《たいさ》のないことを書いたものだった。のみならず黄いろい表紙をしていた。僕は『伝説』を書棚へ戻《もど》し、今度は殆《ほとん》ど手当り次第に厚い本を一冊引きずり出した。しかしこの本も挿し画の一枚に僕ら人間と変りのない、目鼻のある歯車《はぐるま》ばかり並べていた。（それは或独逸人《ドイツじん》の集めた精神病者の画集だった。）僕はいつか憂鬱《ゆううつ》の中に反抗的精神の起るのを感じ、やぶれかぶれになった賭博狂《とばくきょう》のようにいろいろの本を開いて行った。が、なぜかどの本も必ず文章か挿し画かの中に多少の針を隠《かく》していた。どの本も？——僕は何度も読み返した『マダム・ボヴァリイ』を手にとった時さえ、畢竟《ひっきょう》僕自身も中産階級のムッシウ・ボヴァリイに外《ほか》ならないのを感じた。……

日の暮に近い丸善の二階には僕の外に客もないらしかった。僕は電燈の光の中に書棚の間《あいだ》をさまよって行った。それから「宗教」という札《ふだ》を掲《かか》げた書棚の前に足を休め、緑いろの表紙をした一冊の本へ目を通した。この本は目次の第何章かに「恐しい四つの敵、——疑惑、恐怖、驕慢《きょうまん》、官能的欲望」という言葉を並べていた。僕はこういう言葉を見るが早いか、一層反抗的精神の起るのを感じた。それらの敵と呼ばれるものは少くとも僕には感受性や理智の異名《いみょう》に外《ほか》ならなかった。が、伝統的精神もやはり近代的精神のようにやはり僕を不幸にするのはいよいよ僕にはたまらなかった。僕はこの本を手にしたまま、ふといつかペン・ネエムに用いた「寿陵余子《じゅりょうよし》」という言葉を思い出した。それは邯鄲《かんたん》の歩みを学ばないうちに寿陵《じゅりょう》の歩みを忘れてしまい、蛇行匍匐《だこうほふく》して帰郷したという『韓非子《かんびし》』中《ちゅう》の青年だった。今日《こんにち》の僕は誰《たれ》の目にも「寿陵余子《じゅりょうよし》」であるのに違いなかった。しかしまだ地獄へ堕《お》ちなかった僕もこのペン・ネエムを用いていたことは、――僕は大きい書棚を後ろに努《つと》めて妄想《もうぞう》を払うようにし、丁度《ちょうど》僕の向うにあったポスタアの展覧室へはいって行った。が、そこにも一枚のポスタアの中には聖ヂョオヂらしい騎士《きし》が一人翼《つばさ》のある竜《りゅう》を刺《さ》し殺していた。しかもその騎士は兜《かぶと》の下に僕の敵の一人に近いしかめ面《つら》を半《なか》ば露《あらわ》していた。僕はまた『韓非子』の中の屠竜《とりゅう》の技《ぎ》の話を思い出し、展覧室へ通りぬけずに幅の広い階段を下《くだ》って行った。

僕はもう夜《よる》になった日本橋通《にほんばしどお》りを歩きながら、屠竜《とりゅう》という言葉を考えつづけた。それはまた僕の持っている硯《すずり》の銘《めい》にも違いなかった。この硯を僕に贈《おく》ったのは或若い事業家だった。彼はいろいろの事業に失敗した揚句《あげく》、とうとう去年の暮に破産してしまった。僕は高い空を見上げ、無数の星の光の中にどのくらいこの地球の小さいかということを、――従ってどのくらい僕自身の小さいかということを考えようとした。しかし昼間《ひるま》は晴れていた空もいつかもうすっかり曇っていた。僕は突然何ものかの僕に敵意を持っているのを感じ、電車線路の向うにある或カッフェへ避難することにした。

それは「避難」に違いなかった。僕はこのカッフェの薔薇色《ばらいろ》の壁に何か平和に近いものを感じ、一番奥のテエブルの前にやっと楽々《らくらく》と腰をおろした。そこには幸い僕の外《ほか》に二、三人の客のあるだけだった。僕は一杯のココアを啜《すす》り、ふだんのように巻煙草をふかし出した。巻煙草の煙は薔薇色の壁へかすかに青い煙を立ちのぼらせて行った。この優《やさ》しい色の調和もやはり僕には愉快だった。けれども僕は暫《しば》らくの後《のち》、僕の左の壁にかけたナポレオンの肖像画を見つけ、そろそろまた不安を感じ出した。ナポレオンはまだ学生だった時、彼の地理のノオト・ブックの最後に「セエント・ヘレナ、小さい島」と記《しる》していた。それはあるいは僕らの言うように偶然だったかも知れなかった。しかしナポレオン自身にさえ恐怖を呼び起したのは確かだった。……

僕はナポレオンを見つめたまま、僕自身の作品を考え出した。するとまず記憶に浮かんだのは『侏儒《しゅじゅ》の言葉』の中《なか》のアフォリズムだった。(殊《こと》に「人生は地獄よりも地獄的である」という言葉だった。）それから『地獄変《じごくへん》』の主人公、——良秀《よしひで》という画師《えし》の運命だった。それから……僕は巻煙草をふかしながら、こういう記憶から逃《のが》れるためにこのカッフェの中を眺めまわした。僕のここへ避難したのは五分もたたない前のことだった。しかしこのカッフェは短時間の間にすっかり容子《ようす》を改めていた。就中《なかんずく》僕を不快にしたのはマホガニイまがいの椅子《いす》やテエブルの少しもあたりの薔薇色《ばらいろ》の壁と調和を保《たも》っていないことだった。僕はもう一度人目《ひとめ》に見えない苦しみの中に落ちこむのを恐れ、銀貨を一枚投げ出すが早いか、匇々《そうそう》このカッフェを出ようとした。

「もし、もし、二十銭頂きますが、……」

僕の投げ出したのは銅貨だった。

僕は屈辱を感じながら、ひとり往来を歩いているうちにふと、遠い松林の中にある僕の家を思い出した。それは或郊外にある僕の養父母《ようふぼ》の家ではない、唯僕を中心にした家族のために借りた家だった。僕はかれこれ十年前《ぜん》にもこういう家に暮らしていた。しかし或事情のために軽率《けいそつ》にも父母と同居し出した。同時にまた奴隷《どれい》に、暴君《ぼうくん》に、力のない利己主義者に変り出した。……

前のホテルに帰ったのはもうかれこれ十時だった。ずっと長い途《みち》を歩いて来た僕は僕の部屋《へや》へ帰る力を失い、太い丸太《まるた》の火を燃やした炉《ろ》の前の椅子に腰をおろした。それから僕の計画していた長篇のことを考え出した。それは推古《すいこ》から明治《めいじ》に至る各時代の民《たみ》を主人公にし、大体三十余りの短篇を時代順に連《つら》ねた長篇だった。僕は火《ひ》の粉《こ》の舞い上るのを見ながら、ふと宮城《きゅうじょう》の前にある或銅像を思い出した。この銅像は甲冑《かっちゅう》を着《き》、忠義の心そのもののように高だかと馬の上に跨《また》がっていた。しかし彼の敵だったのは、――

「譃《うそ》！」

僕はまた遠い過去から目近《まぢか》い現代へすべり落ちた。そこへ幸いにも来合《きあわ》せたのは或先輩の彫刻家だった。彼はあいかわらず天鵞絨《びろうど》の服を着《き》、短い山羊髯《やぎひげ》を反《そ》らせていた。僕は椅子から立ち上り、彼のさし出した手を握った。（それは僕の習慣ではない、パリやベルリンに半生を送った彼の習慣に従ったのだった。）が、彼の手は不思議にも爬虫類《はちゅうるい》の皮膚のように湿《しめ》っていた。

「君はここに泊《とま》っているのですか？」

「ええ、……」

「仕事をしに？」

「ええ、仕事もしているのです。」

彼はじっと僕の顔を見つめた。僕は彼の目の中に探偵《たんてい》に近い表情を感じた。

「どうです、僕の部屋へ話しに来ては？」

僕は挑戦的《ちょうせんてき》に話しかけた。（この勇気に乏《とぼ》しいくせに忽《たちま》ち挑戦的態度をとるのは僕の悪癖《あくへき》の一つだった。）すると彼は微笑しながら、「どこ、君の部屋は？」と尋ね返した。

僕らは親友のように肩を並べ、静かに話している外国人たちの中を僕の部屋へ帰って行った。彼は僕の部屋へ来ると、鏡を後ろにして腰をおろした。それからいろいろのことを話し出した。いろいろのことを？——しかし大抵《たいてい》は女の話だった。僕は罪を犯《おか》したために地獄に堕《お》ちた一人に違いなかった。が、それだけに悪徳の話はいよいよ僕を憂鬱にした。僕は一時的清教徒《せいきょうと》になり、それらの女を嘲《あざけ》り出した。

「S子さんの唇《くちびる》を見給え。あれは何人もの接吻《せっぷん》のために……」

僕はふと口を噤《つぐ》み、鏡の中の彼の後ろ姿を見つめた。彼は丁度《ちょうど》耳の下に黄いろい膏薬《こうやく》を貼《は》りつけていた。

「何人もの接吻のために？」

「そんな人のように思いますがね。」

彼は微笑して頷《うなず》いていた。僕は彼の内心では僕の秘密を知るために絶えず僕を注意しているのを感じた。けれどもやはり僕らの話は女のことを離れなかった。僕は彼を憎むよりも僕自身の気の弱いのを恥じ、いよいよ憂鬱にならずにはいられなかった。

やっと彼の帰った後《のち》、僕はベッドの上に転《ころ》がったまま、『暗夜行路《あんやこうろ》』を読みはじめた。

主人公の精神的闘争は一々《いちいち》僕には痛切だった。僕はこの主人公に比《くら》べると、どのくらい僕の阿呆《あほう》だったかを感じ、いつか涙を流していた。同時にまた涙は僕の気もちにいつか平和を与えていた。が、それも長いことではなかった。僕の右の目はもう一度半透明の歯車《はぐるま》を感じ出した。歯車はやはりまわりながら、次第に数《かず》を殖《ふ》やして行った。僕は頭痛のはじまることを恐れ、枕もとに本を置いたまま、〇・八グラムのヴェロナァルを嚥《の》み、とにかくぐっすりと眠ることにした。

けれども僕は夢の中に或プウルを眺めていた。そこにはまた男女《なんにょ》の子供たちが何人も泳いだりもぐったりしていた。僕はこのプウルを後ろに向うの松林へ歩いて行った。すると誰《たれ》か後ろから「おとうさん」と僕に声をかけた。僕はちょっとふり返り、プウルの前に立った妻を見つけた。同時にまた烈《はげ》しい後悔を感じた。

「おとうさん、タオルは？」

「タオルは入《い》らない。子供たちに気をつけるのだよ。」

僕はまた歩みをつづけ出した。が、僕の歩いているのはいつかプラットフォオムに変っていた。それは田舎《いなか》の停車場《ていしゃじょう》だったと見え、長い生《い》け垣《がき》のあるプラットフォオムだった。そこにはまたHという大学生や年をとった女も佇《たたず》んでいた。彼らは僕の顔を見ると、僕の前へ歩み寄り、口々に僕へ話しかけた。

「大火事《おおかじ》でしたわね。」

「僕もやっと逃げて来たの。」

僕はこの年をとった女に何か見覚えのあるように感じた。のみならず彼女と話していることに或愉快な興奮を感じた。そこへ汽車は煙をあげながら、静かにプラットフォムへ横づけになった。僕はひとりこの汽車に乗り、両側に白い布を垂らした寝台の間《あいだ》を歩いて行った。すると或寝台の上にミイラに近い裸体《らたい》の女が一人こちらを向いて横になっていた。それはまた僕の復讐《ふくしゅう》の神、——或狂人の娘に違いなかった。……

僕は目を醒《さ》ますが早いか、思わずベッドを飛び下《お》りていた。僕の部屋はあいかわらず電燈の光に明るかった。が、どこかに翼《つばさ》の音や鼠《ねずみ》のきしる音も聞えていた。僕は戸をあけて廊下へ出、前の炉《ろ》の前へ急《いそ》いで行った。それから椅子に腰をおろしたまま、覚束《おぼつか》ない炎《ほのお》を眺め出した。そこへ白い服を着た給仕が一人焚《た》き木《ぎ》を加えに歩み寄った。

「何時《なんじ》？」

「三時半ぐらいでございます。」

しかし向うのロッビイの隅《すみ》には亜米利加人《アメリカじん》らしい女が一人何か本を読みつづけた。彼女の着ているのは遠目《とおめ》に見ても緑いろのドレッスに違いなかった。僕は何か救われたのを感じ、じっと夜のあけるのを待つことにした。長年の病苦に悩み抜いた揚句《あげく》、静かに死を待っている老人のように。……

（昭和二・三・二八）

四　まだ？

僕はこのホテルの部屋にやっと前の短篇を書き上げ、或雑誌に送ることにした。尤《もっと》も僕の原稿料は一週間の滞在費にも足りないものだった。が、僕は僕の仕事を片づけたことに満足し、何か精神的強壮剤を求めるために銀座《ぎんざ》の或本屋へ出かけることにした。

冬の日の当ったアスファルトの上には紙屑《かみくず》が幾つもころがっていた。それらの紙屑は光の加減か、いずれも薔薇《ばら》の花にそっくりだった。僕は何ものかの好意を感じ、その本屋の店へはいって行った。そこもまたふだんよりも小綺麗《こぎれい》だった。唯目金《めがね》をかけた小娘が一人何か店員と話していたのは僕には気がかりにならないこともなかった。けれども僕は往来に落ちた紙屑の薔薇の花を思い出し、『アナトオル・フランスの対話集』や『メリメエの書簡集』を買うことにした。

僕は二冊の本を抱え、或カッフェへはいって行った。それから一番奥のテエブルの前に珈琲《コーヒー》の来るのを待つことにした。僕の向うには親子らしい男女《なんにょ》が二人坐っていた。その息子《むすこ》は僕よりも若かったものの、殆《ほとん》ど僕にそっくりだった。のみならず彼らは恋人同志のように顔を近づけて話し合っていた。僕は彼らを見ているうちに少くとも息子は性的にも母親に慰めを与えていることを意識しているのに気づき出した。それは僕にも覚えのある親和力の一例に違いなかった。同時にまた現世《げんぜ》を地獄にする或意志の一例にも違いなかった。しかし、――僕はまた苦しみに陥《おちい》るのを恐れ、丁度珈琲の来たのを幸い、『メリメエの書簡集』を読みはじめた。彼はこの書簡集の中にも彼の小説の中のように鋭いアフォリズムを閃《ひらめ》かせていた。それらのアフォリズムは僕の気もちをいつか鉄のように巌畳《がんじょう》にし出した。(この影響を受けやすいことも僕の弱点の一つだった。)僕は一杯の珈琲を飲み了《おわ》った後《のち》、「何《なん》でも来い」という気になり、さっさとこのカッフェを後ろにして行った。

僕は往来を歩きながら、いろいろの飾り窓を覗《のぞ》いて行った。或額縁屋《がくぶちや》の飾り窓はベエトオヴェンの肖像画を掲《かか》げていた。それは髪を逆立《さかだ》てた天才そのものらしい肖像画だった。僕はこのベエトオヴェンを滑稽《こっけい》に感ぜずにはいられなかった。……

そのうちにふと出合ったのは高等学校以来の旧友だった。この応用化学の大学教授は大きい中折《なかお》れ鞄《かばん》を抱え、片目だけまっ赤《か》に血を流していた。

「どうした、君の目は？」

「これか？　これは唯《ただ》の結膜炎さ。」

僕はふと一四、五年以来、いつも親和力を感じる度《たび》に僕の目も彼の目のように結膜炎を起すのを思い出した。が、何《なん》とも言わなかった。彼は僕の肩を叩《たた》き、僕らの友だちのことを話し出した。それから話をつづけたまま、或カッフェへ僕をつれて行った。

「久しぶりだなあ。朱舜水《しゅしゅんすい》の建碑《けんび》式《しき》以来だろう。」

彼は葉巻に火をつけた後《のち》、大理石のテエブル越しにこう僕に話しかけた。

「そうだ。あのシュシュン……」

僕はなぜか朱舜水という言葉を正確に発音出来なかった。それは日本語だっただけにちょっと僕を不安にした。しかし彼は無頓着《むとんじゃく》にいろいろのことを話して行った。Kという小説家のことを、彼の買ったブル・ドッグのことを、リウイサイトという毒瓦斯《どくガス》のことを。……

「君はちっとも書かないようだね。『点鬼簿《てんきぼ》』というのは読んだけれども。……あれは君の自叙伝かい？」

「うん、僕の自叙伝だ。」

「あれはちょっと病的だったぜ。この頃は体《からだ》は善《い》いのかい?」

「あいかわらず薬ばかり嚥《の》んでいる始末だ。」

「僕もこの頃は不眠症だがね。」

「僕も?――どうして君は『僕も』と言うのだ?」

「だって君も不眠症だって言うじゃないか? 不眠症は危険だぜ。……」

彼は左だけ充血した目に微笑に近いものを浮かべていた。僕は返事をする前に「不眠症」のショウの発音を正確に出来ないのを感じ出した。

「気違いの息子《むすこ》には当り前だ。」

僕は十分とたたないうちにひとりまた往来を歩いて行った。アスファルトの上に落ちた紙屑《かみくず》は時々僕ら人間の顔のようにも見えないことはなかった。すると向うから断髪にした女が一人通りかかった。彼女は遠目には美しかった。けれども目の前へ来たのを見ると、小皺《こじわ》のある上に醜い顔をしていた。のみならず妊娠しているらしかった。僕は思わず顔をそむけ、広い横町を曲って行った。が、暫《しば》らく歩いているうちに痔《じ》の痛みを感じ出した。それは僕には坐浴《ざよく》より外《ほか》に癒《なお》すことの出来ない痛みだった。

「坐浴、——ベエトオヴェンもやはり坐浴をしていた。……」

坐浴に使う硫黄《いおう》の匂《にお》いは忽《たちま》ち僕の鼻を襲い出した。しかし勿論《もちろん》往来にはどこにも硫黄は見えなかった。僕はもう一度紙屑の薔薇《ばら》の花を思い出しながら、努めてしっかりと歩いて行った。

一時間ばかりたった後《のち》、僕は僕の部屋にとじこもったまま、窓の前の机に向かい、新らしい小説にとりかかっていた。ペンは僕にも不思議だったくらい、ずんずん原稿用紙の上を走って行った。しかしそれも二、三時間の後《のち》には誰《たれ》か僕の目に見えないものに抑えられたようにとまってしまった。僕はやむを得ず机の前を離れ、あちこちと部屋の中を歩きまわった。僕の誇大妄想《こだいもうそう》はこういう時に最も著しかった。僕は野蛮な歓《よろこ》びの中に僕には両親もなければ妻子もない、唯《ただ》僕のペンから流れ出した命だけあるという気になっていた。

けれども僕は四、五分の後《のち》、電話に向わなければならなかった。電話は何度返事をしても、唯何か曖昧《あいまい》な言葉を繰り返して伝えるばかりだった。が、それはともかくもモオルと聞えたのに違いなかった。僕はとうとう電話を離れ、もう一度部屋の中を歩き出した。しかしモオルという言葉だけは妙に気になってならなかった。

「モオル——Mole……」

モオルは鼹鼠《もぐらもち》という英語だった。この聯想《れんそう》も僕には愉快ではなかった。が、僕は二、三秒の後《のち》、Mole を la mort に綴《つづ》り直した。ラ・モオルは、——死という仏蘭西語《フランスご》は忽ち僕を不安にした。死は姉の夫に迫っていたように僕にも迫っているらしかった。けれども僕は不安の中にも何か可笑《おか》しさを感じていた。のみならずいつか微笑していた。この可笑しさは何《なん》のために起るか？——それは僕自身にもわからなかった。僕は久しぶりに鏡の前に立ち、まともに僕の影と向い合った。僕の影も勿論微笑していた。僕はこの影を見つめているうちに第二の僕のことを思い出した。第二の僕、——独逸人《ドイツじん》のいわゆる Doppelgaenger は仕合せにも僕自身に見えたことはなかった。しかし亜米利加《アメリカ》の映画俳優になったK君の夫人は第二の僕を帝劇の廊下に見かけていた。（僕は突然K君の夫人に「先達《せんだって》はつい御挨拶もしませんで」と言われ、当惑したことを覚えている。）それからもう故人《こじん》になった或隻脚《かたあし》の翻訳家もやはり銀座の或煙草屋に第二の僕を見かけていた。死はあるいは僕よりも第二の僕に来るのかも知れなかった。もしまた僕に来たとしても、——僕は鏡に後ろを向け、窓の前の机へ帰って行った。

四角に凝灰岩《ぎょうかいがん》を組んだ窓は枯芝や池を覗《のぞ》かせていた。僕はこの庭を眺めながら、遠い松林の中に焼いた何冊かのノオト・ブックや未完成の戯曲を思い出した。それからペンをとり上げると、もう一度新らしい小説を書きはじめた。

（昭和二・三・二九）

五　赤光《しゃっこう》

日の光は僕を苦しめ出した。僕は実際鼹鼠《もぐらもち》のように窓の前へカアテンをおろし、昼間も電燈をともしたまま、せっせと前の小説をつづけて行った。それから仕事に疲れると、テエヌの『英吉利《イギリス》文学史』をひろげ、詩人たちの生涯に目を通した。彼らはいずれも不幸だった。エリザベス朝の巨人たちさえ、——一代の学者だったベン・ジョンソンさえ彼の足の親指の上に羅馬《ローマ》とカルセエヂとの軍勢の戦いを始めるのを眺めたほど神経的疲労に陥っていた。僕はこういう彼らの不幸に残酷な悪意に充《み》ち満《み》ちた歓びを感じずにはいられなかった。

或《ある》東かぜの強い夜《よる》、（それは僕には善《い》い徴《しるし》だった。）僕は地下室を抜けて往来へ出、或老人を尋ねることにした。彼は或聖書会社の屋根裏にたった一人小使いをしながら、祈《き》禱《とう》や読書に精進していた。僕らは火鉢に手をかざしながら、壁にかけた十字架の下《した》にいろいろのことを話し合った。なぜ僕の母は発狂したか？　なぜ僕の父の事業は失敗したか？　なぜまた僕は罰せられたか？――それらの秘密を知っている彼は妙に厳《おごそ》かな微笑を浮かべ、いつまでも僕の相手をした。のみならず時々短い言葉に人生のカリカテュアを描いたりした。僕はこの屋根裏の隠者を尊敬しない訳には行かなかった。しかし彼と話しているうちに彼もまた親和力のために動かされていることを発見した。――

「その植木屋の娘というのは器量も善《い》いし、気立ても善《い》いし、――それはわたしに優しくしてくれるのです。」

「いくつ？」

「ことしで十八です。」

それは彼には父らしい愛であるかも知れなかった。しかし僕は彼の目の中に情熱を感じずにはいられなかった。のみならず彼の勧めた林檎《りんご》はいつか黄ばんだ皮の上へ一角獣の姿を現していた。（僕は木目《もくめ》や珈琲茶碗《コーヒーぢゃわん》の亀裂《ひび》に度たび神話的動物を発見していた。）一角獣は麒麟《きりん》に違いなかった。僕は或敵意のある批評家の僕を「九百十年代《くひゃくじゅうねんだい》の麒麟児《きりんじ》」と呼んだのを思い出し、この十字架のかかった屋根裏も安全地帯ではないことを感じた。

「如何《いかが》ですか、この頃は？」

「あいかわらず神経ばかり苛々《いらいら》してね。」

「それは薬では駄目《だめ》ですよ。信者になる気はありませんか？」

「もし僕でもなれるものなら……」

「何もむずかしいことはないのです。唯《ただ》神を信じ、神の子の基督《キリスト》を信じ、基督の行った奇蹟を信じさえすれば……」

「悪魔を信じることは出来ますがね。……」

「ではなぜ神を信じないのです？　もし影を信じるならば、光も信じずにはいられないでしょう？」

「しかし光のない暗《やみ》もあるでしょう。」

「光のない暗とは？」

僕は黙るより外はなかった。彼もまた僕のように暗の中を歩いていた。が、暗のある以上は光もあると信じていた。僕らの論理の異るのは唯こういう一点だけだった。しかしそれは少くとも僕には越えられない溝《みぞ》に違いなかった。……

「けれども光は必ずあるのです。その証拠には奇蹟があるのですから。……奇蹟などというものは今でも度たび起っているのですよ。」

「それは悪魔の行う奇蹟は。……」

「どうしてまた悪魔などというのです？」

僕はこの一、二年の間《あいだ》、僕自身の経験したことを彼に話したい誘惑を感じた。が、彼から妻子に伝わり、僕もまた母のように精神病院にはいることを恐れない訳にも行かなかった。

「あすこにあるのは？」

この逞《たくま》しい老人は古い書棚をふり返り、何か牧羊神《ぼくようじん》らしい表情を示した。

「ドストエフスキイ全集です。『罪と罰』はお読みですか？」

僕は勿論十年前《ぜん》にも四、五冊のドストエフスキイに親しんでいた。が、偶然（？）彼の言った『罪と罰』という言葉に感動し、この本を貸してもらった上、前のホテルへ帰ることにした。電燈の光に輝いた、人通りの多い往来はやはり僕には不快だった。殊に知り人《びと》に遇《あ》うことは到底堪えられないのに違いなかった。僕は努めて暗い往来を選び、盗人《ぬすびと》のように歩いて行った。

しかし僕は暫《しば》らくの後《のち》、いつか胃の痛みを感じ出した。この痛みを止めるものは一杯のウィスキイのあるだけだった。僕は或バアを見つけ、その戸を押してはいろうとした。けれども狭いバアの中には煙草の煙の立ちこめた中に芸術家らしい青年たちが何人も群がって酒を飲んでいた。のみならず彼らのまん中には耳隠しに結《ゆ》った女が一人熱心にマンドリンを弾きつづけていた。僕は忽ち当惑を感じ、戸の中へはいらずに引き返した。するといつか僕の影の左右に揺れているのを発見した。しかも僕を照らしているのは無気味にも赤い光だった。僕は往来に立ちどまった。けれども僕の影は前のように絶えず左右に動いていた。僕は怯《お》ず怯《お》ずふり返り、やっとこのバアの軒に吊《つ》った色硝子《いろガラス》のランタアンを発見した。ランタアンは烈《はげ》しい風のために徐《おもむ》ろに空中に動いていた。……

僕の次にはいったのは或地下室のレストオランだった。僕はそこのバアの前に立ち、ウィスキイを一杯註文した。

「ウィスキイを？　Black and White ばかりでございますが、……」

僕は曹達水《ソーダーすい》の中にウィスキイを入れ、黙って一口ずつ飲みはじめた。僕の隣には新聞記者らしい三十前後の男が二人何か小声《こごえ》に話していた。のみならず仏蘭西語《フランスご》を使っていた。僕は彼らに背中を向けたまま、全身に彼らの視線を感じた。それは実際電波のように僕の体にこたえるものだった。彼らは確かに僕の名を知り、僕の噂《うわさ》をしているらしかった。

「Bien……très mauvais……pourquoi？……」

「Pourquoi?……le diable est mort!……」

「Oui, oui……d'enfer……」

僕は銀貨を一枚投げ出し、(それは僕の持っている最後の一枚の銀貨だった。)この地下室の外へのがれることにした。夜風の吹き渡る往来は多少胃の痛みの薄らいだ僕の神経を丈夫にした。僕はラスコルニコフを思い出し、何ごとも懺悔《ざんげ》したい欲望を感じた。が、それは僕自身の外《ほか》にも、――いや、僕の家族の外にも悲劇を生じるのに違いなかった。のみならずこの欲望さえ真実かどうかは疑わしかった。もし僕の神経さえ常人《じょうじん》のように丈夫になれば、――けれども僕はそのためにはどこかへ行かなければならなかった。マドリッドへ、リオへ、サマルカンドへ、……

そのうちに或店の軒に吊《つ》った、白い小型の看板は突然僕を不安にした。それは自動車のタイアに翼のある商標を描いたものだった。僕はこの商標に人工の翼を手《た》よりにした古代の希臘人《ギリシャじん》を思い出した。彼は空中に舞い上った揚句、太陽の光に翼を焼かれ、とうとう海中に溺死《できし》していた。マドリッドへ、リオへ、サマルカンドへ、――僕はこういう僕の夢を嘲笑《あざわら》わない訳には行《ゆ》かなかった。同時にまた復讐の神に追われたオレステスを考えない訳にも行かなかった。

僕は運河に沿いながら、暗い往来を歩いて行った。そのうちに或郊外にある養父母の家を思い出した。養父母は勿論僕の帰るのを待ち暮らしているのに違いなかった。恐らくは僕の子供たちも、――しかし僕はそこへ帰ると、おのずから僕を束縛してしまう或力を恐れずにはいられなかった。運河は波立った水の上に達磨船《だるまぶね》を一艘《いっそう》横づけにしていた。その又達磨船は船の底から薄い光を洩《も》らしていた。そこにも何人かの男女《なんにょ》の家族は生活しているのに違いなかった。やはり愛し合うために憎み合いながら。……が、僕はもう一度戦闘的精神を呼び起し、ウイスキイの酔いを感じたまま、前のホテルへ帰ることにした。

僕はまた机に向い、『メリメエの書簡集』を読みつづけた。それはまたいつの間《ま》にか僕に生活力を与えていた。しかし僕は晩年のメリメエの新教徒になっていたことを知ると、俄《にわ》かに仮面のかげにあるメリメエの顔を感じ出した。彼もまたやはり僕らのように暗《やみ》の中を歩いている一人だった。暗の中を？――『暗夜行路』はこういう僕には恐しい本に変りはじめた。僕は憂鬱《ゆううつ》を忘れるために『アナトオル・フランスの対話集』を読みはじめた。が、この近代の牧羊神《ぼくようじん》もやはり十字架を荷っていた。……

一時間ばかりたった後《のち》、給仕は僕に一束《ひとたば》の郵便物を渡しに顔を出した。それらの一つはライプツィッヒの本屋から僕に「近代の日本の女」という小論文を書けというものだった。なぜ彼らは特に僕にこういう小論文を書かせるのであろう？　のみならずこの英語の手紙は「我々は丁度日本画のように黒と白の外《ほか》に色彩のない女の肖像画でも満足である」という肉筆のP・Sを加えていた。僕はこういう一行《いちぎょう》にBlack and Whiteというウィスキイの名を思い出し、ずたずたにこの手紙を破ってしまった。それから今度は手当り次第に一つの手紙の封を切り、黄いろい書簡箋《しょかんせん》に目を通した。この手紙を書いたのは僕の知らない青年だった。しかし二、三行も読まないうちに「あなたの『地獄変《じごくへん》』は……」という言葉は僕を苛立《いらだ》たせずには措《お》かなかった。三番目に封を切った手紙は僕の甥《おい》から来たものだった。僕はやっと一息つき、家事上の問題などを読んで行った。けれどもそれさえ最後へ来ると、いきなり僕を打ちのめした。

「歌集『赤光《しゃっこう》』の再版を送りますから……」

赤光！　僕は何ものかの冷笑を感じ、僕の部屋の外へ避難することにした。廊下には誰《たれ》も人かげはなかった。僕は片手に壁を抑え、やっとロッビイへ歩いて行った。それから椅子に腰をおろし、とにかく巻煙草に火を移すことにした。巻煙草はなぜかエア・シップだった。（僕はこのホテルへ落ち着いてから、いつもスタアばかり吸うことにしていた。）人工の翼はもう一度僕の目の前へ浮かび出した。僕は向うにいる給仕を呼び、スタアを二箱貰《もら》うことにした。しかし給仕を信用すれば、スタアだけは生憎《あいにく》品切れだった。

「エエア・シップならばございますが、……」

僕は頭を振ったまま、広いロッビイを眺めまわした。僕の向うには外国人が四、五人テエブルを囲《かこ》んで話していた。しかも彼らの中の一人、――赤いワン・ピイスを着た女は小声に彼らと話しながら、時々僕を見ているらしかった。

「Mrs. Townshead……」

何か僕の目に見えないものはこう僕に囁《ささや》いて行った。ミセス・タウンズヘッドなどという名は勿論僕の知らないものだった。たとい向うにいる女の名にしても、――僕はまた椅子から立ち上り、発狂することを恐れながら、僕の部屋へ帰ることにした。

僕は僕の部屋へ帰ると、すぐに或精神病院へ電話をかけるつもりだった。が、そこへはいることは僕には死ぬことに変らなかった。僕はさんざんためらった後《のち》、この恐怖を紛《まぎ》らすために『罪と罰』を読みはじめた。しかし偶然開いた頁《ページ》は『カラマゾフ兄弟』の一節だった。僕は本を間違えたのかと思い、本の表紙へ目を落した。『罪と罰』――本は『罪と罰』に違いなかった。僕はこの製本屋の綴《と》じ違えに、――そのまた綴じ違えた頁を開いたことに運命の指の動いているのを感じ、やむを得ずそこを読んで行った。けれども一頁も読まないうちに全身の震えるのを感じ出した。そこは悪魔に苦しめられるイヴァンを描いた一節だった。イヴァンを、ストリントベルグを、モオパスサンを、あるいはこの部屋にいる僕自身を。……

こういう僕を救うものは唯《ただ》眠りのあるだけだった。しかし催眠剤はいつの間《ま》か一包みも残らずになくなっていた。僕は到底眠らずに苦しみつづけるのに堪えなかった。が、絶望的な勇気を生じ、珈琲《コーヒー》を持って来てもらった上、死にもの狂いにペンを動かすことにした。二枚、五枚、七枚、十枚、――原稿は見る見る出来上って行った。僕はこの小説の世界を超自然の動物に満たしていた。のみならずその動物の一匹に僕自身の肖像画を描いていた。けれども疲労は徐《おもむ》ろに僕の頭を曇らせはじめた。僕はとうとう机の前を離れ、ベッドの上へ仰向けになった。それから四、五十分間は眠ったらしかった。しかしまた誰《たれ》か僕の耳にこういう言葉を囁いたのを感じ、忽《たちま》ち目を醒《さ》まして立ち上った。

「le diable est mort」

凝灰岩《ぎょうかいがん》の窓の外はいつか冷えびえと明けかかっていた。僕は丁度戸の前に佇《たたず》み、誰《たれ》もいない部屋の中を眺めまわした。すると向うの窓硝子《まどガラス》は斑《まだ》らに外気に曇った上に小さい風景を現していた。それは黄ばんだ松林の向うに海のある風景に違いなかった。僕は怯《お》ず怯《お》ず窓の前へ近づき、この風景を造っているものは実は庭の枯芝や池だったことを発見した。けれども僕の錯覚はいつか僕の家に対する郷愁に近いものを呼び起していた。

僕は九時にでもなり次第《しだい》、或雑誌社へ電話をかけ、とにかく金の都合をした上、僕の家へ帰る決心をした。机の上に置いた鞄《かばん》の中へ本や原稿を押しこみながら。

（昭和二・三・三十）

六　飛行機

僕は東海道線の或停車場からその奥の或避暑地へ自動車を飛ばした。運転手はなぜかこの寒さに古いレエン・コオトをひっかけていた。僕はこの暗合を無気味に思い、努めて彼を見ないように窓の外へ目をやることにした。すると低い松の生えた向うに、――恐らくは古い街道に葬式が一列通るのを見つけた。白張《しらは》りの提灯《ちょうちん》や竜燈《りゅうとう》はその中に加わってはいないらしかった。が、金銀の造花の蓮《はす》は静かに輿《こし》の前後に揺《ゆら》いで行った。……

やっと僕の家へ帰った後《のち》、僕は妻子や催眠薬の力により、二、三日はかなり平和に暮らした。僕の二階は松林の上にかすかに海を覗《のぞ》かせていた。僕はこの二階の机に向かい、鳩の声を聞きながら、午前だけ仕事をすることにした。鳥は鳩や鴉《からす》の外《ほか》に雀も縁側へ舞いこんだりした。それもまた僕には愉快だった。「喜雀堂《きじゃくどう》に入《い》る。」――僕はペンを持ったまま、その度にこんな言葉を思い出した。

或生暖《なまあたた》かい曇天《どんてん》の午後、僕は或雑貨店へインクを買いに出かけて行った。するとその店に並んでいるのはセピア色のインクばかりだった。セピア色のインクはどのインクよりも僕を不快にするのを常《つね》としていた。僕はやむを得ずこの店を出、人通りの少ない往来をぶらぶらひとり歩いて行った。そこへ向うから近眼らしい四十《しじゅう》前後の外国人が一人肩を聳《そびや》かせて通りかかった。彼はここに住んでいる被害妄想狂の瑞典人《スウェデンじん》だった。しかも彼の名はストリントベルグだった。僕は彼とすれ違う時、肉体的に何かこたえるのを感じた。

この往来は僅かに二、三町だった。が、その二、三町を通るうちに丁度半面だけ黒い犬は四度《よたび》も僕の側《そば》を通って行った。僕は横町を曲りながら、ブラック・アンド・ホワイトのウィスキイを思い出した。のみならず今のストリントベルグのタイも黒と白だったのを思い出した。それは僕にはどうしても偶然であるとは考えられなかった。もし偶然でないとすれば、――僕は頭だけ歩いているように感じ、ちょっと往来に立ち止まった。道ばたには針金の柵《さく》の中にかすかに虹《にじ》の色を帯びた硝子《ガラス》の鉢が一つ捨ててあった。この鉢はまた底のまわりに翼《つばさ》らしい模様を浮き上らせていた。そこへ松の梢《こずえ》から雀が何羽《なんば》も舞い下《さが》って来た。が、この鉢のあたりへ来ると、どの雀も皆言い合わせたように一度に空中へ逃げのぼって行った。……

僕は妻の実家へ行き、庭先の籐椅子《とういす》に腰をおろした。庭の隅《すみ》の金網の中には白いレグホオン種の鶏《にわとり》が何羽も静かに歩いていた。それからまた僕の足もとには黒犬も一匹横になっていた。僕は誰にもわからない疑問を解こうとあせりながら、とにかく外見だけは冷やかに妻の母や弟と世間話をした。

「静かですね、ここへ来ると。」

「それはまだ東京よりもね。」

「ここでもうるさいことはあるのですか？」

「だってここも世の中ですもの。」

妻の母はこう言って笑っていた。実際この避暑地もまた「世の中」であるのに違いなかった。僕は僅かに一年ばかりの間《あいだ》にどのくらいここにも罪悪や悲劇の行われているかを知り悉《つく》していた。徐《おもむ》ろに患者を毒殺しようとした医者、養子夫婦の家に放火した老婆、妹の資産を奪おうとした弁護士、――それらの人々の家を見ることは僕にはいつも人生の中に地獄を見ることに異らなかった。

「この町には気違いが一人いますね。」

「Hちゃんでしょう。あれは気違いじゃないのですよ。莫迦《ばか》になってしまったのですよ。」

「早発性痴呆《そうはっせいちほう》というやつですね。僕はあいつを見る度に気味が悪くってたまりません。あいつはこの間もどういう量見か、馬頭観世音《ばとうかんぜおん》の前にお時宜《じぎ》をしていました。」

「気味が悪くなるなんて、……もっと強くならなければ駄目ですよ。」

「兄さんは僕などよりも強いのだけれども、――」

無精髭《ぶしょうひげ》を伸ばした妻の弟も寝床の上に起き直ったまま、いつもの通り遠慮がちに僕らの話に加わり出した。

「強い中に弱いところもあるから。……」

「おやおや、それは困りましたね。」

僕はこう言った妻の母を見、苦笑しない訳には行かなかった。すると弟も微笑しながら、遠い垣の外の松林を眺め、何かうっとりと話しつづけた。（この若い病後の弟は時々僕には肉体を脱した精神そのもののように見えるのだった。）

「妙に人間離れをしているかと思えば、人間的欲望もずいぶん烈しいし、……」

「善人かと思えば、悪人でもあるしさ。」

「いや、善悪というよりも何かもっと反対なものが、……」

「じゃ大人《おとな》の中に子供もあるのだろう。」

「そうでもない。僕にははっきりと言えないけれど、……電気の両極に似ているのかな。何しろ反対なものを一しょに持っている。」

そこへ僕らを驚かしたのは烈しい飛行機の響きだった。僕は思わず空を見上げ、松の梢に触れないばかりに舞い上った飛行機を発見した。それは翼を黄いろに塗った、珍らしい単葉《たんよう》の飛行機だった。鶏や犬はこの響きに驚き、それぞれ八方へ逃げまわった。殊《こと》に犬は吠《ほ》え立てながら、尾を捲《ま》いて縁の下へはいってしまった。

「あの飛行機は落ちはしないか？」

「大丈夫。……兄さんは飛行機病という病気を知っている？」

僕は巻煙草に火をつけながら、「いや」という代りに頭を振った。

「ああいう飛行機に乗っている人は高空の空気ばかり吸っているものだから、だんだんこの地面の上の空気に堪えられないようになってしまうのだって。……」

妻の母の家を後ろにした後《のち》、僕は枝一つ動かさない松林の中を歩きながら、じりじり憂鬱《ゆううつ》になって行った。なぜあの飛行機はほかへ行かずに僕の頭の上を通ったのであろう？　なぜまたあのホテルは巻煙草のエア・シップばかり売っていたのであろう？　僕はいろいろの疑問に苦しみ、人気《ひとげ》のない道を選《よ》って歩いて行った。

海は低い砂山の向うに一面に灰色に曇っていた。そのまた砂山にはブランコのないブランコ台が一つ突っ立っていた。僕はこのブランコ台を眺め、忽ち絞首台《こうしゅだい》を思い出した。実際またブランコ台の上には鴉《からす》が二、三羽とまっていた。鴉は皆《みな》僕を見ても、飛び立つ気色《けしき》さえ示さなかった。のみならずまん中にとまっていた鴉は大きい嘴《くちばし》を空へ挙《あ》げながら、確かに四《よ》たび声を出した。

僕は芝の枯れた砂土手に沿い、別荘の多い小みちを曲ることにした。この小みちの右側にはやはり高い松の中に二階のある木造の西洋家屋が一軒白《しら》じらと立っているはずだった。（僕の親友はこの家のことを「春のいる家」と称していた。）が、この家の前へ通りかかると、そこにはコンクリイトの土台の上にバス・タッブが一つあるだけだった。

火事――僕はすぐにこう考え、そちらを見ないように歩いて行った。すると自転車に乗った男が一人まっすぐに向うから近づき出した。彼は焦茶《こげちゃ》いろの鳥打ち帽をかぶり、妙にじっと目を据《す》えたまま、ハンドルの上へ身をかがめていた。僕はふと彼の顔に姉の夫の顔を感じ、彼の目の前へ来ないうちに横の小みちへはいることにした。しかしこの小みちのまん中にも腐った鼹鼠《もぐらもち》の死骸が一つ腹を上にして転《ころ》がっていた。

何ものかの僕を狙《ねら》っていることは一足《ひとあし》ごとに僕を不安にし出した。そこへ半透明な歯車も一つずつ僕の視野を遮《さえぎ》り出した。僕はいよいよ最後の時の近づいたことを恐れながら、頸《くび》すじをまっ直《すぐ》にして歩いて行った。歯車は数《かず》の殖《ふ》えるのにつれ、だんだん急にまわりはじめた。同時にまた右の松林はひっそりと枝をかわしたまま、丁度細かい切子《きりこ》硝子《ガラス》を透かして見るようになりはじめた。僕は動悸《どうき》の高まるのを感じ、何度も道ばたに立ち止まろうとした。けれども誰かに押されるように立ち止まることさえ容易ではなかった。……

三十分ばかりたった後《のち》、僕は僕の二階に仰向《あおむ》けになり、じっと目をつぶったまま、烈しい頭痛をこらえていた。すると僕の瞼《まぶた》の裏に銀色の羽根を鱗《うろこ》のように畳んだ翼が一つ見えはじめた。それは実際網膜の上にはっきりと映っているものだった。僕は目をあいて天井を見上げ、勿論何も天井にはそんなもののないことを確めた上、もう一度目をつぶることにした。しかしやはり銀色の翼はちゃんと暗い中に映っていた。僕はふとこの間乗った自動車のラディエエタア・キャップにも翼のついていたことを思い出した。

……

そこへ誰か梯子《はしご》段《だん》を慌《あわただ》しく昇って来たかと思うと、すぐにまたばたばた駈《か》け下《お》りて行った。僕はその誰《たれ》かの妻だったことを知り、驚いて体《からだ》を起すが早いか、丁度梯子段の前にある、薄暗い茶の間へ顔を出した。すると妻は突っ伏したまま、息切れをこらえているると見え、絶えず肩を震わしていた。

「どうした?」

「いえ、どうもしないのです。……」

妻はやっと顔を擡《もた》げ、無理に微笑して話しつづけた。

「どうもした訳ではないのですけれどもね、唯何《なん》だかお父さんが死んでしまいそうな気がしたものですから。……」

それは僕の一生の中《なか》でも最も恐しい経験だった。――僕はもうこの先を書きつづける力を持っていない。こういう気もちの中《なか》に生きているのは何《なん》とも言われない苦痛である。

誰《たれ》か僕の眠っているうちにそっと絞《し》め殺してくれるものはないか？

（昭和二・四・七）〔遺稿〕

或阿呆の一生

僕はこの原稿を発表する可否は勿論《もちろん》、発表する時や機関も君に一任したいと思っている。

君はこの原稿の中に出て来る大抵の人物を知っているだろう。しかし僕は発表するとしても、インデキスをつけずにもらいたいと思っている。

僕は今最も不幸な幸福の中に暮らしている。しかし不思議にも後悔していない。唯《ただ》僕の如き悪夫、悪子、悪親を持ったものたちを如何《いか》にも気の毒に感じている。ではさようなら。僕はこの原稿の中では少くとも意識的には自己弁護をしなかったつもりだ。

最後に僕のこの原稿を特に君に托《たく》するのは君の恐らくは誰よりも僕を知っていると思うからだ。（都会人という僕の皮を剝《は》ぎさえすれば）どうかこの原稿の中に僕の阿呆《あほう》さ加減《かげん》を笑ってくれ給え。

芥川竜之介

昭和二年六月二十日

久米正雄君

一　時代

それは或本屋の二階だった。二十歳の彼は書棚にかけた西洋風の梯子《はしご》に登り、新らしい本を探していた。モオパスサン、ボオドレエル、ストリントベリイ、イブセン、ショオ、トルストイ、……

そのうちに日の暮《くれ》は迫り出した。しかし彼は熱心に本の背文字を読みつづけた。そこに並んでいるのは本というよりもむしろ世紀末それ自身だった。ニイチェ、ヴェルレエン、ゴンクウル兄弟、ダスタエフスキイ、ハウプトマン、フロオベエル、……

彼は薄暗《うすくら》がりと戦いながら、彼らの名前を数えて行った。が、本はおのずからもの憂《う》い影の中に沈みはじめた。彼はとうとう根気も尽き、西洋風の梯子を下りようとした。すると傘《かさ》のない電燈が一つ、丁度《ちょうど》彼の額の上に突然ぽかりと火をともした。彼は梯子の上に佇《たたず》んだまま、本の間《あいだ》に動いている店員や客を見下《みおろ》した。彼らは妙に小さかった。のみならず如何にも見すぼらしかった。

「人生は一行のボオドレエルにも若《し》かない。」

彼は暫《しばら》く梯子の上からこういう彼らを見渡していた。……

二　母

狂人たちは皆同じように鼠色《ねずみいろ》の着物を着せられていた。広い部屋はそのために一層憂《ゆう》鬱《うつ》に見えるらしかった。彼らの一人はオルガンに向い、熱心に讃美歌を弾きつづけていた。同時にまた彼らの一人は丁度部屋のまん中に立ち、踊るというよりも跳ねまわっていた。

彼は血色の善《い》い医者と一しょにこういう光景を眺めていた。彼の母も十年前《まえ》には少しも彼らと変らなかった。少しも、――彼は実際彼らの臭気に彼の母の臭気を感じた。

「じゃ行こうか？」

医者は彼の先に立ちながら、廊下伝いに或部屋へ行った。その部屋の隅《すみ》にはアルコオルを満《みた》した、大きい硝子《ガラス》の壺《つぼ》の中に脳髄が幾つも漬《つか》っていた。彼は或脳髄の上にかすかに白いものを発見した。それは丁度卵の白味をちょっと滴《た》らしたのに近いものだった。彼は医者と立ち話をしながら、もう一度彼の母を思い出した。

「この脳髄を持っていた男は××電燈会社の技師だったがね。いつも自分を黒光《くろびか》りのする、大きいダイナモだと思っていたよ。」

彼は医者の目を避けるために硝子窓《ガラスまど》の外を眺めていた。そこには空き罎《あきびん》の破片を植えた煉瓦塀《れんがべい》の外《ほか》に何もなかった。しかしそれは薄い苔《こけ》をまだらにぼんやりと白《し》らませていた。

三　家

彼は或郊外の二階の部屋に寝起きしていた。それは地盤の緩《ゆる》いために妙に傾いた二階だった。

彼の伯母《おば》はこの二階に度《たび》たび彼と喧嘩をした。それは彼の養父母の仲裁を受けることもないことはなかった。しかし彼は彼の伯母に誰よりも愛を感じていた。一生独身だった彼の伯母はもう彼の二十歳の時にも六十に近い年よりだった。

彼は或郊外の二階に何度も互に愛し合うものは苦しめ合うのかを考えたりした。その間《あいだ》も何か気味の悪い二階の傾きを感じながら。

た。

四　東京

隅田川《すみだがわ》はどんより曇っていた。彼は走っている小蒸気《こじょうき》の窓から向う島《むこうじま》の桜を眺めていた。花を盛った桜は彼の目には一列の襤褸《ぼろ》のように憂鬱《ゆううつ》だった。が、彼はその桜に、――江戸《えど》以来の向う島の桜にいつか彼自身を見出《みいだ》していた。

五　我

彼は彼の先輩と一しょに或カッフェの卓子《テーブル》に向い、絶えず巻煙草《まきたばこ》をふかしていた。彼は余り口をきかなかった。が、彼の先輩の言葉には熱心に耳を傾けていた。

「きょうは半日自動車に乗っていた。」

「何か用があったのですか?」

彼の先輩は頬杖《ほおづえ》をしたまま、極《きわ》めて無造作《むぞうさ》に返事をした。

「何、唯《ただ》乗っていたかったから。」

その言葉は彼の知らない世界へ、――神々に近い「我《が》」の世界へ彼自身を解放した。

彼は雨に濡《ぬ》れたまま、アスファルトの上を踏《ふ》んで行った。雨はかなり烈しかった。彼は水沫《しぶき》の満ちた中にゴム引《びき》の外套《がいとう》の匂《におい》を感じた。

すると目の前の架空線《かくうせん》が一本、紫いろの火花を発していた。彼は妙に感動した。彼の上着のポケットは彼らの同人雑誌《どうじんざっし》へ発表する彼の原稿を隠していた。彼は雨の中を歩きながら、もう一度後ろの架空線を見上げた。

架空線はあいかわらず鋭い火花を放《はな》っていた。彼は人生を見渡しても、何も特に欲しいものはなかった。が、この紫色の火花だけは、――凄《すさ》まじい空中の火花だけは命と取り換《か》えてもつかまえたかった。

九　死体

死体は皆親指に針金のついた札《ふだ》をぶら下げていた。そのまた札は名前だの年齢だのを記《しる》していた。彼の友だちは腰をかがめ、器用にメスを動かしながら、或《ある》死体の顔の皮を剝《は》ぎはじめた。皮の下に広がっているのは美しい黄色の脂肪だった。

彼はその死体を眺めていた。それは彼には或短篇を、――王朝時代に背景を求めた或短篇を仕上げるために必要だったのに違いなかった。が、腐敗した杏《あんず》の匂に近い死体の臭気は不快だった。彼の友だちは眉間《みけん》をひそめ、静かにメスを動かして行った。

「この頃は死体も不足してね。」

彼の友だちはこう言っていた。すると彼はいつの間《ま》にか彼の答を用意していた。――「己《おれ》は死体に不足すれば、何の悪意もなしに人殺しをするがね。」しかし勿論彼の答は心の中《なか》にあっただけだった。

十　先生

彼は大きい槲《かし》の木の下に先生の本を読んでいた。槲の木は秋の日の光の中に一枚の葉さえ動さなかった。どこか遠い空中に硝子《ガラス》の皿を垂れた秤《はかり》が一つ、丁度平衡《へいこう》を保っている。――彼は先生の本を読みながら、こういう光景を感じていた。……

十一　夜明け

夜《よる》は次第に明けて行った。彼はいつか或町の角《かど》に広い市場《いちば》を見渡していた。市場に群《むら》がった人々や車はいずれも薔薇色《ばらいろ》に染まり出した。

彼は一本の巻煙草に火をつけ、静かに市場の中《なか》へ進んで行った。するとか細《ぼそ》い黒犬が一匹、いきなり彼に吠《ほ》えかかった。が、彼は驚かなかった。のみならずその犬さえ愛していた。

市場のまん中には篠懸《すずかけ》が一本、四方へ枝をひろげていた。彼はその根もとに立ち、枝越しに高い空を見上げた。空には丁度彼の真上《まうえ》に星が一つ輝いていた。

それは彼の二十五の年、――先生に会った三月目だった。

十二　軍港

潜航艇《せんこうてい》の内部は薄暗かった。彼は前後左右を蔽《おお》った機械の中に腰をかがめ、小さい目金《めがね》を覗《のぞ》いていた。そのまた目金に映《うつ》っているのは明るい軍港の風景だった。

「あすこに『金剛《こんごう》』も見えるでしょう。」

或海軍将校はこう彼に話しかけたりした。彼は四角いレンズの上に小さい軍艦を眺めながら、なぜかふと阿蘭陀芹《オランダぜり》を思い出した。一人前《いちにんまえ》三十銭のビイフ・ステエクの上にもかすかに匂っている阿蘭陀芹を。

十三　先生の死

彼は雨上《あめあが》りの風の中に或新らしい停車場《ていしゃじょう》のプラットフォオムを歩いていた。空はまだ薄暗かった。プラットフォオムの向うには鉄道工夫《こうふ》が三、四人、一斉《いっせい》に鶴嘴《つるはし》を上下《じょうげ》させながら、何か高い声にうたっていた。

雨上りの風は工夫の唄《うた》や彼の感情を吹きちぎった。彼は巻煙草に火もつけずに歓《よろこ》びに近い苦しみを感じていた。「センセイキトク」の電報を外套《がいとう》のポケットへ押しこんだまま。……

そこへ向うの松山のかげから午前六時の上《のぼ》り列車が一列、薄い煙を靡《なび》かせながら、うねるようにこちらへ近づきはじめた。

十四　結　婚

彼は結婚した翌日に「来匇々無駄費《きそうそうむだづか》いをしては困る」と彼の妻に小言《こごと》を言った。しかしそれは彼の小言よりも彼の伯母《おば》の「言え」という小言だった。彼の妻は彼自身には勿論、彼の伯母にも詫《わ》びを言っていた。彼のために買って来た黄水仙《きすいせん》の鉢を前にしたまま。

……

十五　彼ら

彼らは平和に生活した。大きい芭蕉《ばしょう》の葉の広がったかげに。——彼らの家は東京から汽車でもたっぷり一時間かかる或海岸の町にあったから。

十六　枕

彼は薔薇《ばら》の葉の匂《におい》のする懐疑主義を枕にしながら、アナトオル・フランスの本を読んでいた。が、いつかその枕の中《なか》にも半身半馬神のいることには気づかなかった。

十七　蝶《ちょう》

藻《も》の匂の満ちた風の中に蝶が一羽《いちわ》ひらめいていた。彼はほんの一瞬間、乾いた彼の唇《くちびる》の上へこの蝶の翅《つばさ》の触れるのを感じた。が、彼の唇の上へいつか捺《なす》って行った翅の粉だけは数年後《ご》にもまだきらめいていた。

十八　月

彼は或ホテルの階段の途中に偶然彼女に遭遇した。彼女の顔はこういう昼にも月の光りの中にいるようだった。彼は彼女を見送りながら、(彼らは一面識もない間がらだった。) 今まで知らなかった寂しさを感じた。……

十九　人工の翼《つばさ》

彼はアナトオル・フランスから十八世紀の哲学者たちに移って行った。が、ルッソオには近づかなかった。それはあるいは彼自身の一面、――情熱に駆られやすい一面のルッソオに近いためかも知れなかった。彼は彼自身の他の一面、――冷《ひや》やかな理智に富んだ一面に近い『カンディイド』の哲学者に近づいて行った。

人生は二十九歳の彼にはもう少しも明るくはなかった。が、ヴォルテエルはこういう彼に人工の翼を供給した。

彼はこの人工の翼をひろげ、易《やす》やすと空へ舞い上った。同時にまた理智の光を浴びた人生の歓《よろこ》びや悲しみは彼の目の下へ沈んで行った。彼は見すぼらしい町々の上へ反語や微笑を落しながら、遮《さえぎ》るもののない空中をまっ直《すぐ》に太陽へ登って行った。丁度こういう人工の翼を太陽の光りに焼かれたためにとうとう海へ落ちて死んだ昔の希臘人《ギリシャじん》も忘れたように。……

二十　械《かせ》

彼ら夫妻は彼の養父母と一つ家に住むことになった。それは彼が或新聞社に入社することになったためだった。彼は黄いろい紙に書いた一枚の契約書を力にしていた。が、その契約書は後になって見ると、新聞社は何《なん》の義務も負わずに彼ばかり義務を負うものだった。

二十一　狂人の娘

二台の人力車《じんりきしゃ》は人気《ひとげ》のない曇天の田舎道《いなかみち》を走って行った。その道の海に向っていることは潮風の来るのでも明らかだった。後《あと》の人力車に乗っていた彼は少しもこのランデ・ブウに興味のないことを怪《あや》しみながら、彼自身をここへ導いたものの何であるかを考えていた。それは決して恋愛ではなかった。もし恋愛でないとすれば、――彼はこの答を避けるために「とにかく我らは対等だ」と考えない訳には行《ゆ》かなかった。

前の人力車に乗っているのは或狂人の娘だった。のみならず彼女の妹は嫉妬《しっと》のために自殺していた。

「もうどうにも仕《し》かたはない。」

彼はもうこの狂人の娘に、——動物的本能ばかり強い彼女に或憎悪を感じていた。

二台の人力車はその間《あいだ》に磯臭い墓地の外《そと》へ通りかかった。蠣殻《かきがら》のついた麁朶垣《そだがき》の中には石塔が幾つも黒《くろず》んでいた。彼はそれらの石塔の向うにかすかにかがやいた海を眺め、何か急に彼女の夫を——彼女の心を捉えていない彼女の夫を軽蔑《けいべつ》し出した。……

二十二　或画家

それは或雑誌の挿し画だった。が、一羽の雄鶏《おんどり》の墨画《すみえ》は著しい個性を示していた。彼は或友だちにこの画家のことを尋ねたりした。

一週間ばかりたった後《のち》、この画家は彼を訪問した。それは彼の一生のうちでも特に著しい事件だった。彼はこの画家の中《なか》に誰《たれ》も知らない彼を発見した。のみならず彼自身も知らずにいた彼の魂《たましい》を発見した。

或薄ら寒い秋の日の暮、彼は一本の唐黍《からきび》に忽《たちま》ちこの画家を思い出した。丈《たけ》の高い唐黍は荒あらしい葉をよろったまま、盛り土の上には神経のように細ぼそと根を露《あら》わしていた。それはまた勿論《もちろん》傷《きず》つきやすい彼の自画像にも違いなかった。しかしこういう発見は彼を憂鬱にするだけだった。

「もう遅い。しかしいざとなった時には……」

二十三　彼　女

或広場の前は暮れかかっていた。彼はやや熱のある体にこの広場を歩いて行った。大きいビィルディングは幾棟《いくむね》もかすかに銀色に澄んだ空に窓々の電燈をきらめかせていた。

彼は道ばたに足を止め、彼女の来るのを待つことにした。五分ばかりたった後《のち》、彼女は何かやつれたように彼の方へ歩み寄った。が、彼の顔を見ると、「疲れたわ」と言って頬笑《ほほえ》んだりした。彼らは肩を並べながら、薄明《うすあか》るい広場を歩いて行った。それは彼らには始めてだった。彼は彼女と一しょにいるためには何を捨てても善《よ》い気もちだった。

彼らの自動車に乗った後《のち》、彼女はじっと彼の顔を見つめ、「あなたは後悔なさらない？」と言った。彼はきっぱり「後悔しない」と答えた。彼女は彼の手を抑《おさ》え、「あたしは後悔しないけれども」と言った。彼女の顔はこういう時にも月の光の中にいるようだった。

二十四　出　産

彼は襖側《ふすまぎわ》に佇《たたず》んだまま、白い手術着を着た産婆が一人、赤児《あかご》を洗うのを見下《みお》していた。赤児は石鹼《せっけん》の目にしみる度にいじらしい顰《しか》め顔を繰り返した。のみならず高い声に啼《な》きつづけた。彼は何か鼠《ねずみ》の仔《こ》に近い赤児の匂を感じながら、しみじみこう思わずにはいられなかった。——

「何のためにこいつも生れて来たのだろう？　この娑婆苦《しゃばく》の充《み》ち満《み》ちた世界へ。——何のためにまたこいつも己のようなものを父にする運命を荷《にな》ったのだろう？」

しかもそれは彼の妻が最初に出産した男の子だった。

二十五　ストリントベリイ

彼は部屋の戸口に立ち、柘榴《ざくろ》の花のさいた月明りの中に薄汚《うすぎたな》い支那人《シナじん》が何人か、麻雀戯《マアヂアン》をしているのを眺めていた。それから部屋の中にひき返すと、背の低いランプの下に『痴人《ちじん》の告白』を読みはじめた。が、二頁も読まないうちにいつか苦笑を洩《も》らしていた。――ストリントベリイもまた情人《じょうじん》だった伯爵夫人《はくしゃくふじん》へ送る手紙の中に彼と大差のない譃《うそ》を書いている。……

二十六　古代

彩色《さいしき》の剝《は》げた仏たちや天人や馬や蓮《はす》の華《はな》は殆《ほとん》ど彼を圧倒した。彼はそれらを見上げたまま、あらゆることを忘れていた。狂人の娘の手を脱した彼自身の幸運さえ。……

二十七　スパルタ式訓練

彼は彼の友だちと或裏町を歩いていた。そこへ幌《ほろ》をかけた人力車が一台、まっ直《すぐ》に向うから近づいて来た。しかもその上に乗っているのは意外にも昨夜《ゆうべ》の彼女だった。彼女の顔はこういう昼にも月の光の中にいるようだった。彼らは彼の友だちの手前、勿論挨《あい》拶《さつ》さえ交《かわ》さなかった。

「美人ですね。」

彼の友だちはこんなことを言った。彼は往来の突き当りにある、春の山を眺めたまま、少しもためらわずに返事をした。

「ええ、なかなか美人ですね。」

二十八　殺人

田舎道《いなかみち》は日の光りの中に牛の糞《ふん》の臭気を漂《ただよ》わせていた。彼は汗を拭《ぬぐ》いながら、爪先《つまさき》上《あが》りの道を登って行った。道の両側に熟した麦は香《かん》ばしい匂を放《はな》っていた。

「殺せ、殺せ。……」

彼はいつか口の中《なか》にこういう言葉を繰り返していた。誰を？——それは彼には明らかだった。彼は如何《いか》にも卑屈らしい五分刈《ごぶがり》の男を思い出していた。

すると黄ばんだ麦の向うに羅馬《ローマ》カトリック教の伽藍《がらん》が一宇《いちう》、いつの間《ま》にか円屋根《まるやね》を現し出した。……

二十九　形

それは鉄の銚子《ちょうし》だった。彼はこの糸目《いとめ》のついた銚子にいつか「形」の美を教えられていた。

三十　雨

彼は大きいベッドの上に彼女といろいろの話をしていた。寝室の窓の外は雨ふりだった。浜木棉《はまゆう》の花はこの雨の中にいつか腐《くさ》って行《ゆ》くらしかった。彼女の顔はあいかわらず月の光の中にいるようだった。が、彼女と話していることは彼には退屈でないこともなかった。彼は腹這《はらば》いになったまま、静かに一本の巻煙草に火をつけ、彼女と一しょに日を暮らすのも七年になっていることを思い出した。

「おれはこの女を愛しているだろうか?」

彼は彼自身にこう質問した。この答は彼自身を見守りつけた彼自身にも意外だった。

「おれはいまだに愛している。」

三十一　大地震

それはどこか熟し切った杏《あんず》の匂に近いものだった。彼は焼けあとを歩きながら、かすかにこの匂を感じ、炎天《えんてん》に腐った死骸の匂も存外悪くないと思ったりした。が、死骸の重《かさ》なり重《かさな》った池の前に立って見ると、「酸鼻」という言葉も感覚的に決して誇張でないことを発見した。殊に彼を動かしたのは十二、三歳の子供の死骸だった。彼はこの死骸を眺め、何か羨《うらや》ましさに近いものを感じた。「神々に愛せらるるものは夭折《ようせつ》す」――こういう言葉なども思い出した。彼の姉や異母弟はいずれも家を焼かれていた。しかし彼の姉の夫は偽証罪を犯したために執行猶予中の体だった。……

「誰《たれ》も彼《か》も死んでしまえば善《よ》い。」

彼は焼け跡《あと》に佇《たたず》んだまま、しみじみこう思わずにいられなかった。

三十二　喧嘩

彼は彼の異母弟と取り組み合いの喧嘩《けんか》をした。彼の弟は彼のために圧迫を受けやすいのに違いなかった。同時にまた彼も彼の弟のために自由を失っているのに違いなかった。彼の親戚は彼の弟に「彼を見慣《みなら》え」と言いつづけていた。しかしそれは彼自身には手足を縛《しば》られるのも同じことだった。彼らは取り組み合ったまま、とうとう縁先《えんさき》へ転《ころ》げて行った。縁先の庭には百日紅《さるすべり》が一本、――彼はいまだに覚えている。――雨を持った空の下に赤光《あかびか》りに花を盛り上げていた。

三十三　英雄

彼はヴォルテエルの家の窓からいつか高い山を見上げていた。氷河の懸《かか》った山の上には禿鷹《はげたか》の影さえ見えなかった。が、背の低い露西亜人《ロシアじん》が一人、執拗《しつよう》に山道を登りつづけていた。

ヴォルテエルの家も夜になった後《のち》、彼は明るいランプの下《した》にこういう傾向詩を書いたりした。

あの山道を登って行った、露西亜人の姿を思い出しながら。……

——誰よりも十戒《じっかい》を守った君は
誰よりも十戒を破った君だ。

誰よりも民衆を愛した君は
誰よりも民衆を軽蔑《けいべつ》した君だ。

誰よりも理想に燃え上った君は
誰よりも現実を知っていた君だ。

君は僕らの東洋が生んだ
草花の匂のする電気機関車だ。——

三十四　色　彩

三十歳の彼はいつの間《ま》か或空《あ》き地を愛していた。そこには唯苔《ただこけ》の生《は》えた上に煉瓦《れんが》や瓦《かわら》の欠片《かけら》などが幾つも散らかっているだけだった。が、それは彼の目にはセザンヌの風景画と変りはなかった。

彼はふと七、八年前の彼の情熱を思い出した。同時にまた彼の七、八年前《まえ》には色彩を知らなかったのを発見した。

三十五　道化人形《どうけにんぎょう》

彼はいつ死んでも悔《く》いないように烈《はげ》しい生活をするつもりだった。が、あいかわらず養父母や伯母に遠慮がちな生活をつづけていた。それは彼の生活に明暗の両面を造り出した。彼は或洋服屋の店に道化人形の立っているのを見、どの位《くらい》彼も道化人形に近いかということを考えたりした。が、意識の外《そと》の彼自身は、——言わば第二の彼自身はとうにこういう心もちを或短篇の中に盛りこんでいた。

三十六　倦怠

彼は或大学生と芒原《すすきはら》の中を歩いていた。

「君たちはまだ生活欲を盛《さかん》に持っているだろうね？」

「ええ、――だってあなたでも……」

「ところが僕は持っていないんだよ。制作欲だけは持っているけれども。」

それは彼の真情だった。彼は実際いつの間《ま》にか生活に興味を失っていた。

「制作欲もやっぱり生活欲でしょう。」

彼は何とも答えなかった。芒原はいつか赤い穂の上にはっきりと噴火山を露《あらわ》し出した。彼はこの噴火山に何か羨望に近いものを感じた。しかしそれは彼自身にもなぜということはわからなかった……。

三十七　越し人

彼は彼と才力《さいりょく》の上にも格闘出来る女に遭遇した。が、「越《こ》し人《びと》」等《とう》の抒情詩を作り、僅《わず》かにこの危機を脱出した。それは何か木の幹に凍った、かがやかしい雪を落すように切《せつ》ない心もちのするものだった。

風に舞ひたるすげ笠《がさ》の
何かは道に落ちざらん
わが名はいかで惜しむべき
惜しむは君が名のみとよ。

三十八　復讐

それは木《こ》の芽《め》の中にある或ホテルの露台《ろだい》だった。彼はそこに画を描きながら、一人の少年を遊ばせていた。七年前《まえ》に絶縁した狂人の娘の一人息子を。

狂人の娘は巻煙草に火をつけ、彼らの遊ぶのを眺めていた。彼は重苦しい心もちの中《なか》に汽車や飛行機を描きつづけた。少年は幸いにも彼の子ではなかった。が、彼を「おじさん」と呼ぶのは彼には何よりも苦しかった。

少年のどこかへ行った後《のち》、狂人の娘は巻煙草を吸いながら、媚《こ》びるように彼に話しかけた。

「あの子はあなたに似ていやしない？」

「似ていません。第一……」

「だって胎教ということもあるでしょう。」

彼は黙って目を反《そ》らした。が、彼の心の底にはこういう彼女を絞め殺《し》したい、残虐《ざんぎゃく》な欲望さえない訳ではなかった。

三十九　鏡

彼は或カッフェの隅《すみ》に彼の友だちと話していた。彼の友だちは焼林檎《やきりんご》を食い、この頃の寒さの話などをした。彼はこういう話の中《なか》に急に矛盾《むじゅん》を感じ出した。

「君はまだ独身だったね。」

「いや、もう来月結婚する。」

彼は思わず黙ってしまった。カッフェの壁に嵌《は》めこんだ鏡は無数の彼自身を映《うつ》していた。冷《ひ》えびえと、何か脅《おびや》かすように。……

四十　問答

なぜお前は現代の社会制度を攻撃するか？

資本主義の生んだ悪を見ているから。

悪を？　おれはお前は善悪の差を認めていないと思っていた。ではお前の生活は？

――彼はこう天使と問答した。尤《もっと》も誰にも恥ずる所のないシルクハットをかぶった天使と。……

四十一　病《やまい》

彼は不眠症に襲《おそ》われ出した。のみならず体力も衰えはじめた。何人かの医者は彼の病にそれぞれ二、三の診断を下《くだ》した。――胃酸過多、胃アトニイ、乾性肋膜炎、神経衰弱、蔓《まん》性《せい》結膜炎、脳疲労、……

しかし彼は彼自身彼の病源を承知していた。それは彼自身を恥じると共に彼らを恐れる心もちだった。彼らを、――彼の軽蔑していた社会を！

或雪曇りに曇った午後、彼は或カッフェの隅《すみ》に火のついた葉巻を啣《くわ》えたまま、向うの蓄音機から流れて来る音楽に耳を傾けていた。それは彼の心もちに妙にしみ渡る音楽だった。彼はその音楽の了《おわ》るのを待ち、蓄音機の前へ歩み寄ってレコオドの貼《は》り札《ふだ》を検《しら》べることにした。

Magic Flute ― Mozart

彼は咄嗟《とっさ》に了解した。十戒《じっかい》を破ったモッツアルトはやはり苦しんだのに違いなかった。しかしよもや彼のように、……彼は頭《かしら》を垂れたまま、静かに彼の卓子《テエブル》へ帰って行った。

四十二　神々の笑い声

三十五歳の彼は春の日の当った松林の中を歩いていた。二、三年前に彼自身の書いた「神々は不幸にも我々のように自殺出来ない」という言葉を思い出しながら。……

四十三　夜

夜《よる》はもう一度迫り出した。荒れ模様の海は薄明りの中に絶えず水沫《しぶき》を打ち上げていた。彼はこういう空の下に彼の妻と二度目の結婚をした。それは彼らには歓《よろこ》びだった。が、同時にまた苦しみだった。三人の子は彼らと一しょに沖の稲妻《いなずま》を眺めていた。彼の妻は一人の子を抱《いだ》き、涙をこらえているらしかった。

「あすこに船が一つ見えるね？」

「ええ。」

「檣《ほばしら》の二つに折れた船が。」

四十四　死

彼はひとり寝ているのを幸い、窓格子《まどごうし》に帯をかけて縊死《いし》しようとした。が、帯に頸《くび》を入れて見ると、俄《にわ》かに死を恐れ出した。それは何も死ぬ刹那《せつな》の苦しみのために恐れたのではなかった。彼は二度目には懐中時計を持ち、試みに縊死を計《はか》ることにした。するとちょっと苦しかった後《のち》、何も彼《か》もぼんやりなりはじめた。そこを一度通り越しさえすれば、死にはいってしまうのに違いなかった。彼は時計の針を検《しら》べ、彼の苦しみを感じたのは一分二十何秒かだったのを発見した。窓格子の外《そと》はまっ暗だった。しかしその暗《やみ》の中《なか》に荒あらしい鶏の声もしていた。

四十五　Divan

Divanはもう一度彼の心に新しい力を与えようとした。それは彼の知らずにいた「東洋的なゲエテ」だった。彼はあらゆる善悪の彼岸に悠々《ゆうゆう》と立っているゲエテを見、絶望に近い羨《うらや》ましさを感じた。詩人ゲエテは彼の目には詩人クリストよりも偉大だった。この詩人の心の中にはアクロポリスやゴルゴタの外《ほか》にアラビアの薔薇《ばら》さえ花をひらいていた。もしこの詩人の足あとを辿《たど》る多少の力を持っていたらば、――彼は『ディヴァン』を読み了《おわ》り、恐しい感動の静まった後《のち》、しみじみ生活的宦官《かんがん》に生まれた彼自身を軽蔑せずにはいられなかった。

四十六　譃《うそ》

彼の姉の夫の自殺は俄《にわ》かに彼を打ちのめした。彼は今度は姉の一家の面倒も見なければならなかった。彼の将来は少くとも彼には日の暮のように薄暗かった。彼は彼の精神的破産に冷笑に近いものを感じながら、（彼の悪徳や弱点は一つ残らず彼にはわかっていた。）あいかわらずいろいろの本を読みつづけた。しかしルッソオの『懺悔録《ざんげろく》』さえ英雄的な譃に充《み》ち満《み》ちていた。殊に『新生《しんせい》』に至っては、――彼は『新生』の主人公ほど老獪《ろうかい》な偽善者に出会ったことはなかった。が、フランソア・ヴィヨンだけは彼の心にしみ透《とお》った。彼は何篇かの詩の中《なか》に「美しい牡《おす》」を発見した。紋罪を待っているヴィヨンの姿は彼の夢の中にも現れたりした。彼は何度もヴィヨンのように人生のどん底に落ちようとした。が、彼の境遇や肉体的エネルギイはこういうことを許す訳はなかった。彼はだんだん衰えて行った。丁度昔スウィフトの見た、木末《こずえ》から枯れて来る立ち木のように。……

四十七　火あそび

彼女はかがやかしい顔をしていた。それは丁度朝日の光の薄氷にさしているようだった。彼は彼女に好意を持っていた。しかし恋愛は感じていなかった。のみならず彼女の体には指一つ触《さわ》れずにいたのだった。

「死にたがっていらっしゃるのですってね。」

「ええ。——いえ、死にたがっているよりも生きることに飽《あ》きているのです。」

彼らはこういう問答から一しょに死ぬことを約束した。

「プラトニック・スウイサイドですね。」

「ダブル・プラトニック・スウイサイド。」

彼は彼自身の落ち着いているのを不思議に思わずにはいられなかった。

四十八　死

彼は彼女とは死ななかった。唯《ただ》いまだに彼女の体に指一つ触《さわ》っていないことは彼には何か満足だった。彼女は何事もなかったように時々彼と話したりした。のみならず彼に彼女の持っていた青酸加里を一罎《ひとびん》渡し、「これさえあればお互《たがい》に力強いでしょう、」とも言ったりした。

それは実際彼の心を丈夫にしたのに違いなかった。彼はひとり籐椅子《とういす》に坐り、椎《しい》の若葉を眺めながら、度々死の彼に与える平和を考えずにはいられなかった。

四十九　剥製《はくせい》の白鳥

彼は最後の力を尽《つく》し、彼の自叙伝を書いて見ようとした。が、それは彼自身には存外容易に出来なかった。それは彼の自尊心や懐疑主義や利害の打算のいまだに残っているためだった。彼はこういう彼自身を軽蔑《けいべつ》せずにはいられなかった。しかしまた一面には「誰でも一皮剝《む》いて見れば同じことだ」とも思わずにはいられなかった。『詩と真実と』

という本の名前は彼にはあらゆる自叙伝の名前のようにも考えられがちだった。のみならず文芸上の作品に必しも誰も動かされないのは彼にははっきりわかっていた。彼の作品の訴えるものは彼に近い生涯を送った彼に近い人々の外《ほか》にあるはずはない。――こういう気も彼には働いていた。彼はそのために手短かに彼の『詩と真実と』を書いて見ることにした。

彼は『或阿呆《あるあほう》の一生』を書き上げた後《のち》、偶然或古道具屋の店に剝製の白鳥のあるのを見つけた。それは頸《くび》を挙げて立っていたものの、黄ばんだ羽根《はね》さえ虫に食われていた。彼は彼の一生を思い、涙や冷笑のこみ上げるのを感じた。彼の前にあるものは唯《ただ》発狂か自殺かだけだった。彼は日の暮の往来をたった一人歩きながら、徐《おもむ》ろに彼を滅《ほろぼ》しに来る運命を待つことに決心した。

五十　俘《とりこ》

彼の友だちの一人は発狂した。彼はこの友だちにいつも或親しみを感じていた。それは彼にはこの友だちの孤独の、――軽快な仮面の下にある孤独の人一倍身にしみてわかるためだった。彼はこの友だちの発狂した後《のち》、二、三度この友だちを訪問した。

「君や僕は悪鬼《あっき》につかれているんだね。世紀末の悪鬼というやつにねえ。」

この友だちは声をひそめながら、こんなことを彼に話したりした。が、それから二、三日後には或温泉宿へ出かける途中、薔薇《ばら》の花さえ食っていたということだった。彼はこの友だちの入院した後《のち》、いつか彼のこの友だちに贈《おく》ったテラコッタの半身像を思い出した。それはこの友だちの愛した『検察官』の作者の半身像だった。彼はゴオゴリイも狂死したのを思い、何か彼らを支配している力を感じずにはいられなかった。

彼はすっかり疲れ切った揚句《あげく》、ふとラディゲの臨終の言葉を読み、もう一度神々の笑い声を感じた。それは「神の兵卒たちは己《おれ》をつかまえに来る」という言葉だった。彼は彼の迷信や彼の感傷主義と闘おうとした。しかしどういう闘いも肉体的に彼には不可能だった。「世紀末の悪鬼」は実際彼を虐《さいな》んでいるのに違いなかった。彼は神を力にした中世紀の人々に羨《うらやま》しさを感じた。しかし神を信ずることは――神の愛を信ずることは到底彼には出来なかった。あのコクトオさえ信じた神を！

五十一　敗北

彼はペンを執《と》る手も震え出した。のみならず涎《よだれ》さえ流れ出した。彼の頭は〇・八のヴェロナアルを用いて覚《さ》めた後《のち》の外《ほか》は一度もはっきりしたことはなかった。しかもはっきりしているのはやっと半時間か一時間だった。彼は唯《ただ》薄暗い中《なか》にその日暮らしの生活をしていた。言わば刃《は》のこぼれてしまった、細い剣《つるぎ》を杖にしながら。

(昭和二・六)〔遺稿〕

解　説

中村真一郎

ここに収めた三篇は、いずれも作者晩年の作品であり、またそれぞれに彼の代表作である。

読者はこれらの作品のなかに、作者の短い生涯の文学的到達点を発見するだろう。

芥川竜之介は周知のように、作品の形式的多様さを魅力とする小説家だった。一作ごとに、新しい文体と構成とを誇った。一作ごとに、日本の短篇小説というジャンルに、新しい可能性を拓《ひら》いてみせてくれたといっても過言ではない。

だから、この三篇をそれ以前の作品と比べてみる時、(特に初期の機智的な小説と比べてみる時)いかに彼が美事な転身を続けながら、その最後の地点にまで辿《たど》りついたか、ということに、深い感慨を催さないではいられないだろう。

今日に至るまで、多くの批評家、鑑賞家が、芥川の各時期の作品についての優劣や好《こう》悪《お》を論じてきた。晩年の暗い作風よりも若い頃の明快なショート・ストーリーの方を愛する、と公言した者もいる。――勿論《もちろん》、好悪は人の好きずきによって決まるものであり、ひとりの作家の数多い作品を、比べ合せて色いろと論じるのは、文学好きの徒の、類い稀《まれ》な愉《たの》しみである。解説者も他人の好き嫌いによる品評には、微笑をもって耳を傾けるつもりである。

ただ、断言できることは、これら晩年の作品が、その好悪の如何《いかん》にかかわらず、作者の一生の思想的決算であり、同時に大正文学の一終点であるということである。『玄鶴山房』の暗澹《あんたん》たる世界は、作者の見た人生というものの、最も偽りのない姿なのだろう。『歯車』は自ら死を決意した人の、死を待つ日々の心情の、最も端的な反映である。そして、『或阿呆《あるあほう》の一生』は、芥川竜之介というひとりの人間の、自らの一生に下した総決算である。

従って、この三篇を読む読者は、小説を読む愉しみよりは、遺書を開く時の厳粛な気持に捉えられずにはいないだろう。

〔編集付記〕

改版に際し底本には、

「玄鶴山房」(『芥川龍之介全集』第八巻、一九七八年三月、岩波書店刊)

「歯車」(『芥川龍之介全集』第九巻、一九七八年四月、岩波書店刊)

「或阿呆の一生」(『芥川龍之介全集』第九巻、一九七八年四月、岩波書店刊)

を用いた。なお本文庫旧版をも参照した。

(岩波文庫編集部)

岩波文庫〈緑帯〉の表記について

近代日本文学の鑑賞が若い読者にとって少しでも容易となるよう、旧字・旧仮名で書かれた作品の表記の現代化をはかった。そのさい、原文の趣きをできるだけ損うことがないように配慮しながら、次の方針にのっとって表記がえをおこなった。

(一) 旧仮名づかいを現代仮名づかいに改める。ただし、原文が文語文であるときは旧仮名づかいのままとする。

(二) 「当用漢字表」に掲げられている漢字は新字体に改める。

(三) 漢字語のうち代名詞・副詞・接続詞など、使用頻度の高いものを一定の枠内で平仮名に改める。

(四) 平仮名を漢字に、あるいは漢字を別の漢字に替えることは、原則としておこなわない。

(五) 振り仮名を次のように使用する。

(イ) 読みにくい語、読み誤りやすい語には現代かなづかいで振り仮名を付す。

(ロ) 送り仮名は原文通りとし、その過不足は振り仮名によって処理する。

例、明に→明《あきらか》に

（岩波文庫編集部）

歯《は》　車《ぐるま》　他二篇

1957年7月25日　第1刷発行
1979年8月16日　第22刷改版発行
2010年4月21日　第52刷改版発行
2025年4月15日　第63刷発行

作　者　芥川竜之介《あくたがわりゅうのすけ》

発行者　坂本政謙

発行所　株式会社　岩波書店
〒101-8002 東京都千代田区一ツ橋2-5-5
案内 03-5210-4000　営業部 03-5210-4111
文庫編集部 03-5210-4051
https://www.iwanami.co.jp/

印刷・精興社　製本・牧製本

ISBN 978-4-00-310706-5　Printed in Japan

読書子に寄す

――岩波文庫発刊に際して――

岩波茂雄

真理は万人によって求められることを自ら欲し、芸術は万人によって愛されることを自ら望む。かつては民を愚昧ならしめるために学芸が最も狭き堂宇に閉鎖されたことがあった。今や知識と美とを特権階級の独占より奪い返すことはつねに進取的なる民衆の切実なる要求である。岩波文庫はこの要求に応じそれに励まされて生まれた。それは生命ある不朽の書を少数者の書斎と研究室とより解放して街頭にくまなく立たしめ民衆に伍せしめるであろう。近時大量生産予約出版の流行を見る。その広告宣伝の狂態はしばらくおくも、後代にのこすと誇称する全集がその編集に万全の用意をなしたるか。千古の典籍の翻訳企図に敬虔の態度を欠かざりしか。さらに分売を許さず読者を繋縛して数十冊を強うるがごとき、はたしてその揚言する学芸解放のゆえんなりや。吾人は天下の名士の声に和してこれを推挙するに躊躇するものである。このときにあたって、岩波書店は自己の責務のいよいよ重大なるを思い、従来の方針の徹底を期するため、すでに十数年以前より志して来た計画を慎重審議この際断然実行することにした。吾人は範をかのレクラム文庫にとり、古今東西にわたって文芸・哲学・社会科学・自然科学等種類のいかんを問わず、いやしくも万人の必読すべき真に古典的価値ある書をきわめて簡易なる形式において逐次刊行し、あらゆる人間に須要なる生活向上の資料、生活批判の原理を提供せんと欲する。この文庫は予約出版の方法を排したるがゆえに、読者は自己の欲する時に自己の欲する書物を各個に自由に選択することができる。携帯に便にして価格の低きを最主とするがゆえに、外観を顧みざるも内容に至っては厳選最も力を尽くし、従来の岩波出版物の特色をますます発揮せしめようとする。この計画たるや世間の一時の投機的なるものと異なり、永遠の事業として吾人は微力を傾倒し、あらゆる犠牲を忍んで今後永久に継続発展せしめ、もって文庫の使命を遺憾なく果たさしめることを期する。芸術を愛し知識を求むる士の自ら進んでこの挙に参加し、希望と忠言とを寄せられることは吾人の熱望するところである。その性質上経済的には最も困難多きこの事業にあえて当たらんとする吾人の志を諒として、その達成のため世の読書子とのうるわしき共同を期待する。

昭和二年七月

《日本文学（古典）》〔黄〕

古事記	倉野憲司校注
日本書紀 全五冊	坂本太郎・家永三郎・井上光貞・大野晋 校注
万葉集 全五冊	佐竹昭広・山田英雄・工藤力男・大谷雅夫・山崎福之 校注
竹取物語	阪倉篤義校訂
伊勢物語	大津有一校注
玉造小町子壮衰書 ―小野小町物語	杤尾武校注
古今和歌集	佐伯梅友校注
土左日記	紀貫之 鈴木知太郎校注
蜻蛉日記	今西祐一郎校注
紫式部日記	池田亀鑑・秋山虔 校注
紫式部集 付 大弐三位集・藤原惟規集	紫式部 南波浩校注
源氏物語 全九冊	柳井滋・室伏信助・大朝雄二・鈴木日出男・藤井貞和・今西祐一郎 校注
源氏物語補作 山路の露・雲隠六帖 他二篇	今西祐一郎編注
枕草子	池田亀鑑校訂
和泉式部日記	清水文雄校注
更級日記	西下経一校注
今昔物語集 全四冊	池上洵一編
堤中納言物語	大槻修校注
西行全歌集	久保田淳・吉野朋美 校注
建礼門院右京大夫集 付 平家公達草紙	久松潜一・久保田淳 校注
拾遺和歌集	小町谷照彦・倉田実 校注
後拾遺和歌集	久保田淳・平田喜信 校注
金葉和歌集	川村晃生・柏木由夫・伊倉史人 校注
詞花和歌集	工藤重矩校注
古語拾遺	斎部広成撰 西宮一民校注
王朝漢詩選	小島憲之編
新訂 方丈記	市古貞次校注
新訂 新古今和歌集	佐佐木信綱校訂
新訂 徒然草	西尾実・安良岡康作 校注
平家物語 全四冊	梶原正昭・山下宏明 校注
神皇正統記	北畠親房 岩佐正校注
御伽草子 全二冊	市古貞次校注
王朝秀歌選	樋口芳麻呂校注
定家八代抄 ―続王朝秀歌選 全二冊	樋口芳麻呂・後藤重郎 校注
閑吟集	真鍋昌弘校注
中世なぞなぞ集	鈴木棠三編
千載和歌集	久保田淳校注
謡曲選集 読む能の本	野上豊一郎編
おもろさうし	外間守善校注
太平記 全六冊	兵藤裕己校注
好色一代男	井原西鶴 横山重校訂
好色五人女	井原西鶴 東明雅校註
武道伝来記	井原西鶴 前田金五郎・横山重 校注
西鶴文反古	井原西鶴 片岡良一校訂
芭蕉紀行文集 付 嵯峨日記	中村俊定校注
芭蕉 おくのほそ道 付 曾良旅日記・奥細道菅菰抄	萩原恭男校注
芭蕉俳句集	中村俊定校注
芭蕉連句集	中村俊定・萩原恭男 校注
芭蕉書簡集	萩原恭男校注
芭蕉文集	潁原退蔵編註

芭蕉俳文集 全二冊　堀切実編注

芭蕉自筆 奥の細道　上野洋三・櫻井武次郎校注

蕪村俳句集 付 春風馬堤曲 他二篇　尾形仂校注

蕪村七部集　伊藤松宇校訂

近世畸人伝　伴蒿蹊・森銑三校註

雨月物語　上田秋成・長島弘明校注

宇下人言 修行録　松平定信・松平定光校訂

新訂 一茶俳句集　丸山一彦校注

一茶 父の終焉日記・おらが春 他一篇　矢羽勝幸校注

増補 俳諧歳時記栞草 全二冊　曲亭馬琴編・藍亭青藍補・堀切実校注

北越雪譜　鈴木牧之編撰・京山人百樹刪定・岡田武松校訂

東海道中膝栗毛 全二冊　十返舎一九・麻生磯次校注

浮世床　式亭三馬・和田万吉校訂

梅暦 全二冊　為永春水・古川久校訂

百人一首一夕話 全二冊　尾崎雅嘉・古川久校訂

こぶとり爺さん・かちかち山 —日本の昔ばなしI　関敬吾編

桃太郎・舌きり雀・花さか爺 —日本の昔ばなしII　関敬吾編

一寸法師・さるかに合戦・浦島太郎 —日本の昔ばなしIII　関敬吾編

芭蕉臨終記 花屋日記 付 芭蕉翁終焉記・前後日記・行状記　小宮豊隆校訂

醒睡笑 全二冊　安楽庵策伝・鈴木棠三校注

歌舞伎十八番の内 勧進帳　郡司正勝校注

江戸怪談集 全三冊　高田衛編・校注

柳多留名句選　山澤英雄選・粕谷宏紀校注

松蔭日記　上野洋三校注

鬼貫句選・独ごと　復本一郎校注

井月句集　復本一郎編

花見車・元禄百人一句　雲英末雄・佐藤勝明校注

江戸漢詩選 全二冊　揖斐高編訳

説経節 俊徳丸・小栗判官 他三篇　兵藤裕己編注

《日本思想》〔青〕

西田幾多郎講演集　田中裕編
西田幾多郎書簡集　藤田正勝編
帝国主義　幸徳秋水　山泉進校注
兆民先生 他八篇　幸徳秋水　梅森直之校注
基督抹殺論　幸徳秋水
貧乏物語　河上肇　大内兵衛解題
河上肇評論集　杉原四郎編
西欧紀行 祖国を顧みて　河上肇
中国文明論集　宮崎市定　礪波護編
史記を語る　宮崎市定
中国史 全二冊　宮崎市定
大杉栄評論集　飛鳥井雅道編
女工哀史　細井和喜蔵
奴隷 ―小説・女工哀史1　細井和喜蔵
工場 ―小説・女工哀史2　細井和喜蔵
初版 日本資本主義発達史 全二冊　野呂栄太郎
谷中村滅亡史　荒畑寒村

遠野物語・山の人生　柳田国男
海上の道　柳田国男
野草雑記・野鳥雑記　柳田国男
孤猿随筆　柳田国男
婚姻の話　柳田国男
都市と農村　柳田国男
十二支考 全二冊　南方熊楠
津田左右吉歴史論集　今井修編
特命全権大使 米欧回覧実記 全五冊　久米邦武編　田中彰校注
日本イデオロギー論　戸坂潤
古寺巡礼　和辻哲郎
風土 ―人間学的考察　和辻哲郎
イタリア古寺巡礼　和辻哲郎
倫理学 全四冊　和辻哲郎
人間の学としての倫理学　和辻哲郎
日本倫理思想史 全四冊　和辻哲郎
「いき」の構造 他二篇　九鬼周造

九鬼周造随筆集　菅野昭正編
偶然性の問題　九鬼周造
時間論 他二篇　九鬼周造　小浜善信編
田沼時代　辻善之助
パスカルにおける人間の研究　三木清
構想力の論理 全二冊　三木清
漱石詩注　吉川幸次郎
新版 きけわだつみのこえ ―日本戦没学生の手記　日本戦没学生記念会編
新版 第二集 きけわだつみのこえ ―日本戦没学生の手記　日本戦没学生記念会編
君たちはどう生きるか　吉野源三郎
地震・憲兵・火事・巡査　山崎今朝弥　森長英三郎編
懐旧九十年　石黒忠悳
武家の女性　山川菊栄
覚書 幕末の水戸藩　山川菊栄
忘れられた日本人　宮本常一
家郷の訓　宮本常一
大阪と堺　三浦周行　朝尾直弘編

- 国家と宗教 —ヨーロッパ精神史の研究　南原繁
- 石橋湛山評論集　松尾尊兊編
- 民藝四十年　柳宗悦
- 手仕事の日本　柳宗悦
- 工藝文化　柳宗悦
- 南無阿弥陀仏 付 心偈　柳宗悦
- 柳宗悦茶道論集　熊倉功夫編
- 雨夜譚 —渋沢栄一自伝　長幸男校注
- 中世の文学伝統　風巻景次郎
- 平塚らいてう評論集　小林登美枝・米田佐代子編
- 最暗黒の東京　松原岩五郎
- 日本の民家　今和次郎
- 原爆の子 —広島の少年少女のうったえ 全二冊　長田新編
- 暗黒日記 —一九四二—一九四五　清沢洌 山本義彦編
- 臨済・荘子　前田利鎌
- 『青鞜』女性解放論集　堀場清子編
- 大津事件 —ロシア皇太子大津遭難　尾佐竹猛 三谷太一郎校注

- 幕末遣外使節物語 —夷狄の国へ　尾佐竹猛 吉良芳恵校注
- 極光のかげに —シベリア俘虜記　高杉一郎
- イスラーム文化 —その根柢にあるもの　井筒俊彦
- 意識と本質 —精神的東洋を索めて　井筒俊彦
- 神秘哲学 —ギリシアの部　井筒俊彦
- 意味の深みへ —東洋哲学の水位　井筒俊彦
- コスモスとアンチコスモス 東洋哲学のために　井筒俊彦
- 幕末政治家　福地桜痴 佐々木潤之介校注
- 渡辺一夫評論選 狂気について 他二十二篇　大江健三郎・清水徹編
- 維新旧幕比較論　木下真弘 宮地正人校注
- 被差別部落一千年史　高橋貞樹 沖浦和光校注
- 花田清輝評論集　粉川哲夫編
- 英国の文学　吉田健一
- 中井正一評論集　長田弘編
- 山びこ学校　無着成恭編
- 考史遊記　桑原隲蔵
- 福沢諭吉の哲学 他六篇　丸山眞男 松沢弘陽編

- 政治の世界 他十篇　丸山眞男 松本礼二編注
- 超国家主義の論理と心理 他八篇　丸山眞男 古矢旬編
- 田中正造文集 全二冊　由井正臣・小松裕編
- 国語学史　時枝誠記
- 定本 育児の百科 全三冊　松田道雄
- 大西祝選集 哲学篇 全三冊　小坂国継編
- 哲学の三つの伝統 他十二篇　野田又夫
- 大隈重信演説談話集　早稲田大学編
- 大隈重信自叙伝　早稲田大学編
- 人生の帰趣　山崎弁栄
- 転回期の政治　宮沢俊義
- 何が私をこうさせたか —獄中手記　金子文子
- 明治維新　遠山茂樹
- 禅海一瀾講話　釈宗演
- 明治政治史　岡義武
- 転換期の大正　岡義武
- 山県有朋 —明治日本の象徴　岡義武

近代日本の政治家　岡　義武

ニーチェの顔 他十三篇　三島憲一 氷上英廣 編

伊藤野枝集　森まゆみ編

前方後円墳の時代　近藤義郎

日本の中世国家　佐藤進一

岩波茂雄伝　安倍能成

《日本文学（現代）》〔緑〕

怪談 牡丹燈籠　三遊亭円朝
小説神髄　坪内逍遥
当世書生気質　坪内逍遥
アンデルセン 即興詩人 全二冊　森鷗外訳
ウィタ・セクスアリス　森鷗外
青年　森鷗外
雁　森鷗外
阿部一族 他二篇　森鷗外
山椒大夫・高瀬舟 他四篇　森鷗外
渋江抽斎　森鷗外
舞姫・うたかたの記 他三篇　森鷗外
鷗外随筆集　千葉俊二編
大塩平八郎 他三篇　森鷗外
浮雲　二葉亭四迷 十川信介校注
吾輩は猫である　夏目漱石
坊っちゃん　夏目漱石

草枕　夏目漱石
虞美人草　夏目漱石
三四郎　夏目漱石
それから　夏目漱石
門　夏目漱石
彼岸過迄　夏目漱石
漱石文芸論集　磯田光一編
行人　夏目漱石
こころ　夏目漱石
硝子戸の中　夏目漱石
道草　夏目漱石
明暗　夏目漱石
思い出す事など 他七篇　夏目漱石
文学評論 全二冊　夏目漱石
夢十夜 他二篇　夏目漱石
漱石文明論集　三好行雄編
倫敦塔・幻影の盾 他五篇　夏目漱石

漱石日記　平岡敏夫編
漱石書簡集　三好行雄編
漱石俳句集　坪内稔典編
漱石・子規往復書簡集　和田茂樹編
文学論 全二冊　夏目漱石
坑夫　夏目漱石
漱石紀行文集　藤井淑禎編
二百十日・野分　夏目漱石
五重塔　幸田露伴
努力論　幸田露伴
一国の首都 他一篇　幸田露伴
渋沢栄一伝　幸田露伴
飯待つ間 ―正岡子規随筆選　正岡子規 阿部昭編
子規句集　高浜虚子選
病牀六尺　正岡子規
子規歌集　土屋文明編
墨汁一滴　正岡子規

仰臥漫録	正岡子規
歌よみに与ふる書	正岡子規
獺祭書屋俳話・芭蕉雑談	正岡子規
子規紀行文集	復本一郎編
正岡子規ベースボール文集	復本一郎編
金色夜叉 全二冊	尾崎紅葉
多情多恨	尾崎紅葉
不如帰	徳冨蘆花
武蔵野	国木田独歩
運命	国木田独歩
愛弟通信	国木田独歩
蒲団・一兵卒	田山花袋
田舎教師	田山花袋
一兵卒の銃殺	田山花袋
あらくれ・新世帯	徳田秋声
藤村詩抄	島崎藤村自選
破戒	島崎藤村

桜の実の熟する時	島崎藤村
夜明け前 全四冊	島崎藤村
藤村文明論集	十川信介編
生ひ立ちの記 他一篇	島崎藤村
島崎藤村短篇集	大木志門編
にごりえ・たけくらべ	樋口一葉
大つごもり・十三夜 他五篇	樋口一葉
修禅寺物語 正雪の二代目 他四篇	岡本綺堂
高野聖・眉かくしの霊	泉鏡花
歌行燈	泉鏡花
夜叉ケ池・天守物語	泉鏡花
草迷宮	泉鏡花
春昼・春昼後刻	泉鏡花
鏡花短篇集	川村二郎編
日本橋	泉鏡花
外科室・海城発電 他五篇	泉鏡花
海神別荘 他二篇	泉鏡花

鏡花随筆集	吉田昌志編
化鳥・三尺角 他六篇	泉鏡花
鏡花紀行文集	田中励儀編
俳句はかく解しかく味う	高浜虚子
俳句への道	高浜虚子
立子へ抄 ―虚子より娘へのことば	高浜虚子
回想 子規・漱石	高浜虚子
有明詩抄	蒲原有明
宣言	有島武郎
カインの末裔・クララの出家	有島武郎
一房の葡萄 他四篇	有島武郎
寺田寅彦随筆集 全五冊	小宮豊隆編
柿の種	寺田寅彦
与謝野晶子歌集	与謝野晶子自選
与謝野晶子評論集	鹿野政直・香内信子編
私の生い立ち	与謝野晶子
つゆのあとさき	永井荷風

濹東綺譚　永井荷風
荷風随筆集　全二冊　野口冨士男編
摘録 断腸亭日乗　全二冊　永井荷風　磯田光一編
すみだ川・新橋夜話　他一篇　永井荷風
あめりか物語　永井荷風
下谷叢話　永井荷風
ふらんす物語　永井荷風
荷風俳句集　加藤郁乎編
花火・来訪者　他十一篇　永井荷風
問はずがたり・吾妻橋　他十六篇　永井荷風
斎藤茂吉歌集　山口茂吉　柴生田稔　佐藤佐太郎編
鈴木三重吉童話集　勝尾金弥編
小僧の神様　他十篇　志賀直哉
暗夜行路　全二冊　志賀直哉
志賀直哉随筆集　高橋英夫編
高村光太郎詩集　高村光太郎
北原白秋歌集　高野公彦編

北原白秋詩集　全二冊　安藤元雄編
フレップ・トリップ　北原白秋
友情　武者小路実篤
釈迦　武者小路実篤
銀の匙　中勘助
若山牧水歌集　伊藤一彦編
新編 みなかみ紀行　若山牧水　池内紀編
新編 百花譜百選　木下杢太郎画　前川誠郎編
新編 啄木歌集　久保田正文編
吉野葛・蘆刈　谷崎潤一郎
卍（まんじ）　谷崎潤一郎
谷崎潤一郎随筆集　篠田一士編
多情仏心　全二冊　里見弴
道元禅師の話　里見弴
今年竹　全二冊　里見弴
萩原朔太郎詩集　三好達治選
郷愁の詩人 与謝蕪村　萩原朔太郎

猫町　他十七篇　萩原朔太郎　清岡卓行編
恋愛名歌集　萩原朔太郎
恩讐の彼方に・忠直卿行状記　他八篇　菊池寛
菊池寛戯曲集 父帰る・藤十郎の恋　石割透編
河明り 老妓抄　他一篇　岡本かの子
春泥・花冷え　久保田万太郎
大寺学校 ゆく年　久保田万太郎
久保田万太郎俳句集　恩田侑布子編
室生犀星詩集　室生犀星自選
随筆 女ひと　室生犀星
室生犀星俳句集　岸本尚毅編
出家とその弟子　倉田百三
羅生門・鼻・芋粥・偸盗　芥川竜之介
地獄変・邪宗門・好色・藪の中　他七篇　芥川竜之介
河童　他二篇　芥川竜之介
歯車　他二篇　芥川竜之介
蜘蛛の糸・杜子春・トロッコ　他十七篇　芥川竜之介

侏儒の言葉・文芸的な、余りに文芸的な	芥川竜之介
芥川竜之介書簡集	石割透編
芥川竜之介随筆集	石割透編
蜜柑・尾生の信 他十八篇	芥川竜之介
年末の一日・浅草公園 他十七篇	芥川竜之介
芥川竜之介紀行文集	山田俊治編
田園の憂鬱	佐藤春夫
海に生くる人々	葉山嘉樹
葉山嘉樹短篇集	道籏泰三編
嘉村礒多集	岩田文昭編
日輪・春は馬車に乗って 他八篇	横光利一
宮沢賢治詩集	谷川徹三編
童話集 風の又三郎 他十八篇	宮沢賢治 谷川徹三編
童話集 銀河鉄道の夜 他十四篇	宮沢賢治 谷川徹三編
山椒魚・遙拝隊長 他七篇	井伏鱒二
川釣り	井伏鱒二
井伏鱒二全詩集	井伏鱒二
太陽のない街	徳永直
黒島伝治作品集	紅野謙介編
伊豆の踊子・温泉宿 他四篇	川端康成
雪国	川端康成
山の音	川端康成
川端康成随筆集	川西政明編
三好達治詩集	桑原武夫 大槻鉄男選
詩を読む人のために	三好達治
夏目漱石 全二冊	小宮豊隆
新編 思い出す人々	内田魯庵 紅野敏郎編
檸檬《レモン》・冬の日 他九篇	梶井基次郎
蟹工船 一九二八・三・一五	小林多喜二
富嶽百景・走れメロス 他八篇	太宰治
斜陽 他一篇	太宰治
人間失格・グッド・バイ 他一篇	太宰治
津軽	太宰治
お伽草紙・新釈諸国噺	太宰治
右大臣実朝 他一篇	太宰治
真空地帯	野間宏
日本唱歌集	堀内敬三 井上武士編
日本童謡集	与田凖一編
至福千年	石川淳
小林秀雄初期文芸論集	小林秀雄
近代日本人の発想の諸形式 他四篇	伊藤整
小説の認識	伊藤整
中原中也詩集	大岡昇平編
ランボオ詩集	中原中也訳
晩年の父	小堀杏奴
夕鶴・彦市ばなし 他二篇 —木下順二戯曲選Ⅱ	木下順二
元禄忠臣蔵 全二冊	真山青果
随筆滝沢馬琴	真山青果
みそっかす	幸田文
古句を観る	柴田宵曲
俳諧随筆 蕉門の人々	柴田宵曲

新編 俳諧博物誌　柴田宵曲／小出昌洋編
子規居士の周囲　柴田宵曲
小説集 夏の花　原民喜
原民喜全詩集
いちご姫・蝴蝶 他二篇　山田美妙／十川信介校訂
銀座復興 他三篇　水上滝太郎
魔風恋風 全二冊　小杉天外
幕末維新パリ見聞記　成島柳北「航西日乗」・栗本鋤雲「暁窓追録」　井田進也校注
野火／ハムレット日記　大岡昇平
中谷宇吉郎随筆集　樋口敬二編
雪　中谷宇吉郎
冥途・旅順入城式　内田百閒
東京日記 他六篇　内田百閒
ゼーロン・淡雪 他十一篇　牧野信一
西脇順三郎詩集　那珂太郎編
評論集 滅亡について 他三十篇　武田泰淳／川西政明編
宮柊二歌集　宮英子／高野公彦編

新編 東京繁昌記　木村荘八／尾崎秀樹編
新編 山と渓谷　田部重治／近藤信行編
日本児童文学名作集 全二冊　桑原三郎／千葉俊二編
山月記・李陵 他九篇　中島敦
眼中の人　小島政二郎
新選 山のパンセ　串田孫一自選
小川未明童話集　桑原三郎編
新美南吉童話集　千葉俊二編
摘録 劉生日記　岸田劉生／酒井忠康編
量子力学と私　朝永振一郎／江沢洋編
書物　森銑三／柴田宵曲
自註鹿鳴集　会津八一
窪田空穂随筆集　大岡信編
暢気眼鏡・虫のいろいろ 他十三篇　尾崎一雄／高橋英夫編
奴隷 ―小説・女工哀史1　細井和喜蔵
工場 ―小説・女工哀史2　細井和喜蔵
鷗外の思い出　小金井喜美子

森鷗外の系族　小金井喜美子
木下利玄全歌集　五島茂編
林芙美子随筆集　武藤康史編
林芙美子紀行集 下駄で歩いた巴里　立松和平編
放浪記　林芙美子
山の旅 全二冊　近藤信行編
酒道楽　村井弦斎
文楽の研究 全二冊　三宅周太郎
五足の靴　五人づれ
尾崎放哉句集　池内紀編
江戸川乱歩短篇集　千葉俊二編
少年探偵団・超人ニコラ　江戸川乱歩
江戸川乱歩作品集 全三冊　浜田雄介編
堕落論・日本文化私観 他二十二篇　坂口安吾
桜の森の満開の下・白痴 他十二篇　坂口安吾
風と光と二十の私と・いずこへ 他十六篇　坂口安吾
久生十蘭短篇選　川崎賢子編

墓地展望亭・ハムレット 他六篇　久生十蘭
六白金星・可能性の文学 他十一篇　織田作之助
夫婦善哉 正続 他十二篇　織田作之助
わが町・青春の逆説　織田作之助
歌の話・歌の円寂する時 他一篇　折口信夫
死者の書・口ぶえ　折口信夫
汗血千里の駒 坂本龍馬君之伝　坂崎紫瀾 林原純生校注
山川登美子歌集　今野寿美編
日本近代短篇小説選 全六冊　紅野敏郎・紅野謙介 千葉俊二・宗像和重 山田俊治 編
自選 谷川俊太郎詩集
訳詩集 白孔雀　西條八十訳
茨木のり子詩集　谷川俊太郎選
第七官界彷徨・琉璃玉の耳輪 他四篇　尾崎翠
大江健三郎自選短篇
M/Tと森のフシギの物語　大江健三郎
キルプの軍団　大江健三郎
石垣りん詩集　伊藤比呂美編

漱石追想　十川信介編
荷風追想　多田蔵人編
鷗外追想　宗像和重編
自選 大岡信詩集
うたげと孤心　大岡信
日本の詩歌 その骨組みと素肌　大岡信
詩人・菅原道真 ―うつしの美学　大岡信
日本近代随筆選 全三冊　千葉俊二 長谷川郁夫 宗像和重 編
山之口貘詩集　高良勉編
原爆詩集　峠三吉
竹久夢二詩画集　石川桂子編
まど・みちお詩集　谷川俊太郎編
山頭火俳句集　夏石番矢編
二十四の瞳　壺井栄
幕末の江戸風俗　塚原渋柿園 菊池眞一編
けものたちは故郷をめざす　安部公房
詩の誕生　大岡信 谷川俊太郎

鹿児島戦争記 ―実録 西南戦争　篠田仙果 松本常彦校注
東京百年物語 一八六八〜一九〇九 全三冊　ロバート キャンベル 十重田裕一 宗像和重 編
三島由紀夫紀行文集　佐藤秀明編
若人よ蘇れ・黒蜥蜴 他一篇　三島由紀夫
吉野弘詩集　小池昌代編
開高健短篇選　大岡玲編
破れた繭 耳の物語1　開高健
夜と陽炎 耳の物語2　開高健
色ざんげ　宇野千代
老女マノン・脂粉の顔 他四篇　宇野千代 尾形明子編
明智光秀　小泉三申
久米正雄作品集　石割透編
次郎物語 全五冊　下村湖人
まっくら 女坑夫からの聞き書き　森崎和江
北條民雄集　田中裕編
安岡章太郎短篇集　持田叙子編
俺の自叙伝　大泉黒石

岩波文庫の最新刊

ライプニッツ著／佐々木能章訳

形而上学叙説 他五篇

中期の代表作『形而上学叙説』をはじめ、アルノー宛書簡などを収録。後年の「モナド」や「予定調和」の萌芽をここに見る。七五年ぶりの新訳。

〔青六一六-三〕　**定価一二七六円**

ルートヴィヒ・ボルツマン著／稲葉肇訳

気体論講義 (下)

気体は熱力学に支配され、分子は力学に支配される。下巻においてボルツマンは、二つの力学を関係づけ、統計力学の理論的な基礎づけも試みる。（全二冊）

〔青九五九-二〕　**定価一四三〇円**

若松英輔編

八木重吉詩集

近代詩の彗星、八木重吉〔一八九八―一九二七〕。生への愛しみとかなしみに満ちた詩篇を、『秋の瞳』『貧しき信徒』、残された「詩稿」「訳詩」から精選。

〔緑二三六-一〕　**定価一一五五円**

ゲルツェン著／金子幸彦・長縄光男訳

過去と思索 (六)

亡命先のロンドンから自身の雑誌《北極星》や新聞《コロコル》を通じて、「自由な言葉」をロシアに届けるゲルツェン。人生の絶頂期を迎える。（全七冊）

〔青N六一〇-七〕　**定価一五〇七円**

今月の重版再開

ゴーゴリ作／平井肇・横田瑞穂訳

死せる魂 (上)(中)(下)

〔赤六〇五-四～六〕　**定価(上)八五八、(中)七九二、(下)八五八円**

岩波文庫の最新刊

坂元ひろ子・高柳信夫監訳
厳復
天演論

清末の思想家・厳復による翻訳書。そこで示された進化の原理、生存競争と淘汰の過程は、日清戦争敗北後の中国知識人たちに圧倒的な影響力をもった。
〔青二三五-一〕 **定価一二一〇円**

フリードリヒ・シュレーゲル
武田利勝訳
断章集

「イロニー」「反省」等により既存の価値観を打破し、「共同哲学」の樹立を試みる断章群は、ロマン派のマニフェストとして、近代の批評的精神の幕開けを告げる。
〔赤四七六-一〕 **定価一一五五円**

永井荷風著／中島国彦・多田蔵人校注
断腸亭日乗㈢ 昭和四―七年

永井荷風は、死の前日まで四十一年間、日記『断腸亭日乗』を書き続けた。㈢は、昭和四年から七年まで。昭和初期の東京を描く。（注解・解説＝多田蔵人）（全九冊）
〔緑四二-一六〕 **定価一二六五円**

太宰治作／安藤宏編
十二月八日・苦悩の年鑑 他十二篇

第二次世界大戦敗戦前後の混乱期、作家はいかに時代と向き合ったか。昭和一七―二一（一九四二―四六）年発表の一四篇を収める。（注＝斎藤理生、解説＝安藤宏）
〔緑九〇-一一〕 **定価一〇〇一円**

……今月の重版再開……

忍足欣四郎訳
中世イギリス英雄叙事詩
ベーオウルフ
〔赤二七五-一〕 **定価一二二一円**

プルタルコス／柳沼重剛訳
エジプト神イシスとオシリスの伝説について
〔青六六四-五〕 **定価一〇〇一円**

定価は消費税10％込です　2025.3